BARBARA CARTLAND

il ne nous reste que l'amour

traduit de l'anglais par Arlette Siedel

Éditions J'ai Lu

Ce roman a paru sous le titre original :

THE SAINT AND THE SINNER

NOTE DE L'AUTEUR

John Milton, à l'instar de Shakespeare, compte parmi les grands poètes anglais. Il publia *Le Paradis perdu* en 1667, et la première édition comportait dix volumes.

Prenant pour thème la chute de l'homme, sa brillante imagination prit toute sa puissance en décrivant la lutte entre le bien et le mal, le contraste entre le paradis et l'enfer, la lumière et l'obscurité, l'ordre et le chaos.

Le Paradis retrouvé publié en 1671, suite logique du *Paradis perdu,* montre que le Christ sut redonner aux hommes ce que leur avait fait perdre Adam.

A la fin de sa vie, Milton surmonta son désespoir et ses derniers poèmes sont un acte de foi en Dieu et dans la force de conversion spirituelle que tout être humain porte en lui.

En 1820, Mme Vestris apparut au public habillée en homme dans une version burlesque du Don Giovanni (Don Juan) de Mozart à Drury Lane. Nombre de gens furent scandalisés, mais la foule se pressa pour assister à ce spectacle.

Plus tard, dans le rôle du capitaine Macheath dans *The Beggar's Opera (L'Opéra de quatre sous),* elle obtint grâce à son travesti un succès fantastique.

1

Pandora enfonça le coussin dans la housse qu'elle venait de repasser et se mit à la coudre, se disant qu'il eût été difficile de choisir une couleur et un dessin plus hideux.

C'était une espèce de brun violacé rehaussé d'une broderie d'un ton verdâtre.

Son père disait souvent que les gens avaient un rapport avec les couleurs, et sans aucun doute celles-ci ressemblaient à sa tante Sophie.

Elle poussa un petit soupir en songeant combien elle était malheureuse depuis qu'elle vivait dans le palais de l'évêque de Lindchester.

C'était une grande demeure, oppressante, froide, et aux yeux de Pandora parfaitement laide. Ce dernier mot décrivait à merveille tous les moments de sa vie depuis son arrivée.

Elle avait été si heureuse dans le petit presbytère de Chart, avec son jardin fleuri de roses, et les écuries qui abritaient les chevaux de son père – ces chevaux dont sa mère disait souvent en riant qu'ils étaient les membres les plus importants de la famille.

Bien qu'il n'eût jamais réellement souhaité être pasteur, le père de Pandora n'avait pas eu le choix : il était le troisième fils d'une famille vouée à l'Eglise.

Cependant, assez intelligent pour s'aménager une existence pleine de loisirs, il pouvait monter à cheval et chasser à son gré.

On l'appelait le « Chasseur ». Les gens en oubliaient même très souvent qu'il prêchait le dimanche, et ne voyaient en lui qu'un homme charmant, jovial et qui était ami avec tout le monde.

Comme c'était amusant de vivre auprès de lui, songea Pandora, en essuyant ses larmes.

Elle avait tant pleuré, son désespoir avait été si grand en apprenant l'accident qui avait tué son père et sa mère qu'elle pensait ne plus pouvoir jamais verser de larmes.

Et maintenant qu'elle vivait depuis plus d'un an auprès de son oncle, évêque de Lindchester, elle avait une peine folle à contenir son chagrin. Tout lui paraissait triste, elle se sentait désespérément seule et le souvenir de la mort de ses parents lui était insupportable.

Son père n'avait pas les moyens d'acheter des chevaux dressés, il devait donc le faire lui-même. Il était justement en train de dresser une paire de chevaux encore sauvages, quand il fut invité avec sa femme à une partie de chasse de l'autre côté du comté.

La veille, Charles Stratton avait envoyé les deux chevaux chez l'un de ses amis. Ainsi ils seraient frais quand lui et sa femme arriveraient dans leur cabriolet.

C'était bien sûr un vieux cabriolet, quelque peu délabré, mais qui les transportait là où ils voulaient aller, et c'était l'essentiel.

Il avait laissé le cabriolet et les chevaux dans l'écurie des chasseurs. Ils eurent une journée magnifique, avec ces longues chevauchées que

Charles Stratton appréciait plus que tout au monde. Lui et sa femme étaient fatigués. Mais à la tombée de la nuit, ils décidèrent de rentrer par les étroits sentiers jusqu'à Chart.

Après un temps sec et clair, le froid était tombé tout à coup, et Charles Stratton avait dit d'un air lugubre :

– J'ai l'impression que la chasse est terminée pour cette semaine.

– Cela va peut-être tourner à la neige, avait répliqué sa femme avec optimisme.

– J'en doute... Vous n'avez pas froid, ma chérie?

– Je suis très bien, merci, avait-elle répondu en se blottissant contre lui.

Ils avaient atteint le sommet d'une haute colline dominant la rivière quand Charles Stratton se rendit compte que la route était verglacée et qu'il lui faudrait conduire très prudemment.

Il s'apprêtait à tirer sur les rênes pour ralentir l'allure des chevaux, quand un cerf, surgissant d'un buisson, sauta une clôture et traversa la route à moins de cinquante mètres d'eux.

Les chevaux, terrifiés, se lancèrent dans un galop impossible à maîtriser et dévalèrent à une vitesse folle vers la rivière.

On avait raconté à Pandora comment cela s'était produit exactement : le vieux cabriolet, en se brisant contre le pont, avait projeté ses parents sur une digue abrupte d'où ils tombèrent dans la rivière.

Son père avait eu la nuque brisée. Sa mère, assommée par le choc, était tombée la tête la première dans l'eau et s'était noyée.

Souvent Pandora se disait que, si elle avait été avec eux, elle serait morte, elle aussi, et que cela eût mieux valu.

Visiblement contrarié, son oncle l'évêque était

venu la chercher pour l'emmener vivre auprès de lui et de sa femme : mais sa magnanimité n'était qu'un masque.

Elle avait le sentiment que désormais elle ne pourrait plus jamais rire comme par le passé.

Il était bien certain que la compagnie de son oncle et de sa tante n'était guère divertissante.

Matériellement, elle ne manquait de rien. Cependant sa présence ne leur était pas agréable, et à tout ce qu'elle faisait ils trouvaient à redire.

Malgré ses efforts, elle ne parvenait pas à leur faire plaisir et comme elle était intelligente, elle sentit que sa beauté offensait sa tante plus que toute autre chose.

Pandora ressemblait beaucoup à sa mère. Son petit visage en forme de cœur avec ses grands yeux couleur violette formait un tel contraste avec la silhouette massive et la figure ridée de sa tante qu'elle comprenait l'aversion que cette femme plus âgée pouvait éprouver à son égard.

On lui donnait énormément de travail, et malgré sa bonne volonté, les résultats ne satisfaisaient jamais Mme Stratton.

Elle était sûre, par exemple, que quelque chose n'irait pas dans le coussin : il serait cousu trop serré ou trop lâche, ou pas assez tassé selon le désir de tante Sophie. En un mot, il y avait de grandes chances pour qu'elle fût obligée de le refaire.

Cependant, elle poussa un soupir de soulagement à la pensée que son oncle et sa tante partaient à midi pour Londres.

Ils avaient été invités à la garden party donnée par l'évêque de Londres au palais Lambeth.

Chaque année sa tante attendait cet événement avec impatience. Pendant trois semaines, Pandora avait transformé sa robe en y ajoutant des entre-deux de dentelles, rénové son chapeau et rafraîchi l'ombrelle qu'elle désirait emporter.

En dépit de tous ses efforts, tante Sophie, avec sa corpulence, n'aurait jamais d'allure. C'était sans doute une des raisons pour lesquelles au petit déjeuner elle avait regardé avec une animosité non déguisée la silhouette élancée de Pandora que sa robe trop simple, presque austère, ne parvenait pas à enlaidir.

Le petit déjeuner s'était déroulé dans le silence habituel, car l'évêque n'aimait pas parler le matin. Il lisait le *Times* posé devant lui sur un porte-journaux d'argent, astiqué avec soin par le maître d'hôtel.

Deux valets de pied présentaient sur des plats d'argent une nourriture abondante qui permettrait à Augustus Stratton et à sa femme de prendre des forces pour le voyage qui les attendait.

Pandora mangea peu et se sentit soulagée lorsque sa tante lui donna trois listes écrites avec soin.

– Voici les choses que vous aurez à faire pendant notre absence, dit-elle d'une voix sèche. Il n'y a aucune raison pour que vous vous laissiez aller à la paresse parce que votre oncle et moi ne sommes pas là. Je sais bien que vous ferez votre travail en rechignant comme d'habitude, mais j'espère que tout sera terminé lorsque nous reviendrons vendredi.

– Je ferai de mon mieux, tante Sophie.

– Eh bien, j'espère que votre mieux sera meilleur que d'habitude!

Pandora prit les listes, se leva de table en esquissant une courte révérence et quitta la pièce.

Après avoir refermé la porte, elle courut jusqu'au petit salon où elle rangeait sa corbeille à ouvrage et d'autres affaires personnelles. Mais au lieu de lire les listes comme elle aurait dû le faire, elle s'approcha de la fenêtre pour regarder le soleil qui brillait.

Elle éprouvait un sentiment de joie à la pensée qu'elle était libre.

Libérée pendant trois jours des reproches et des remontrances, des insinuations malveillantes à propos de ses parents, et des critiques non déguisées sur elle-même et sur son apparence.

– Que vais-je faire? Comment vais-je passer le temps? se demanda-t-elle.

Mais elle connaissait parfaitement la réponse. Dès que son oncle et sa tante seraient partis, elle irait jusqu'à Chart pour revoir les villageois qui avaient aimé son père et sa mère.

Elle éviterait le presbytère, car il lui serait insupportable de voir des étrangers dans cette maison qu'elle considérait encore comme sienne.

Mais beaucoup de gens l'accueilleraient avec joie car elle était la fille de son père, et ils la connaissaient depuis toujours.

Elle reposait l'horrible coussin sur la chaise qui lui était destinée, quand la porte près de la cheminée du petit salon grinça légèrement et s'entrouvrit : quelqu'un venait d'entrer dans le bureau de son oncle, juste à côté.

Puis elle entendit la voix de sa tante.

– Avant de partir, Augustus, vous voudrez bien dire à Pandora de ne pas aller se promener du côté de Chart Hall.

– J'étais justement en train de penser à elle, répliqua son oncle. Je n'ai pas encore eu l'occasion de vous en parler, Sophie, mais hier, avant d'aller rendre visite à son père, Prosper Witheridge m'a demandé sa main.

– Vous voulez dire qu'il désire épouser Pandora? s'écria Mme Stratton, comme si une idée aussi saugrenue ne lui avait jamais traversé l'esprit.

– Il dit qu'il a une profonde estime pour elle, répondit l'évêque, mais comme il se doit, il ne lui en a pas parlé avant de me demander mon consentement.

– Tout ce que je puis dire, c'est que je l'aurais cru plus sensé, fit Mme Stratton d'un ton aigre. Mais naturellement, en ce qui concerne votre nièce, elle ne peut qu'être éperdument reconnaissante envers un brave homme qui veut bien la prendre pour femme.

– Pandora est bien jeune, reprit l'évêque songeur. Je pense qu'il vaudrait mieux qu'elle attende un peu avant de prendre un tel engagement.

– Elle ne retrouvera jamais une pareille occasion, répliqua Mme Stratton. Bien sûr, lord Witshaw a deux fils plus âgés, mais Prosper est un Honorable (1), et cela représente quelque chose... quelque chose d'important!

– Je ne pensais pas particulièrement à sa position sociale.

– Alors qu'est-ce qui vous ennuie? demanda vivement sa femme. (Et après une pause, elle ajouta :) Comment pouvez-vous hésiter un seul instant à donner votre consentement?

– Je lui ai dit que je réfléchirais et que je lui ferais connaître ma décision à notre retour de Londres.

– Alors ce sera oui, Augustus, un oui sans équivoque! Car je vous assure que ce sera pour moi un grand soulagement de ne plus avoir la responsabilité de Pandora. J'espère seulement que Prosper Witheridge sera assez ferme pour maîtriser sa tendance regrettable à l'indiscipline qui lui vient sans doute de la famille de sa mère – pas de la vôtre.

Après un nouveau silence, Mme Stratton enchaîna :

– Cela me rappelle que j'étais en train de vous

(1) Le titre d'« Honorable » se donne en Angleterre à certains membres de la noblesse, de la chambre des Communes et de la Haute Cour.

dire pourquoi vous devez interdire à Pandora d'aller à Chart. Cet homme est là, je crois.

– Le comte?

– Qui voulez-vous que ce soit d'autre? On m'a dit que Sa Seigneurie était arrivée depuis deux jours, et vous savez aussi bien que moi ce que cela signifie.

– Bien sûr que je le sais! répondit l'évêque. Je suis allé lui dire ce que je pensais de sa conduite. Mais que puis-je faire!

– Il déshonore son nom et tout le voisinage, répondit Mme Stratton. Lindchester va faire des gorges chaudes sur ce qui se passe à Chart Hall et sur les gens qui y sont reçus.

Le dégoût et l'irritation perçaient dans sa voix lorsqu'elle reprit :

– D'après lady Henderson, les femmes avec lesquelles le comte se divertit ne sont que des grues et des actrices de théâtre. Aucun homme digne de ce nom ne voudrait être vu en compagnie de telles créatures!

L'évêque rétorqua :

– Lady Henderson ne devrait pas se souiller les lèvres en parlant de ce qui traîne dans les égouts de Londres! Et j'espère, Sophie, que vous n'encouragez pas les racontars. Vous savez comme moi que ces histoires sont souvent exagérées et ne peuvent que porter préjudice à ceux qui les écoutent.

– Il serait difficile d'exagérer quoi que ce soit à propos de ce que l'on dit sur le comte, répliqua Mme Stratton. Vous devez absolument interdire à Pandora de s'approcher du village. Elle vous obéira plus qu'à moi.

– Je le lui dirai. Prosper Witheridge, qui va revenir ce soir, pourra la surveiller.

– Moins il en saura sur les cousins de Pandora, mieux cela vaudra, fit Mme Stratton d'une voix emplie de rancune. Cela pourrait le faire réfléchir à propos de sa demande en mariage.

La porte claqua derrière Mme Stratton. Pandora était restée sans bouger pendant tout le temps de la conversation.

Elle entendit les pas pesants de son oncle qui allait et venait dans son bureau, comme s'il était en train de rassembler des papiers. Puis la porte s'ouvrit et se ferma à nouveau.

Pandora avait retenu sa respiration si longtemps qu'elle était sur le point de suffoquer.

Prosper Witheridge! Comment imaginer une seconde de l'avoir pour mari?

Il avait été le chapelain de son oncle pendant trois mois. Instinctivement elle avait senti à la façon dont il la regardait qu'il n'était pas un homme voué au service de Dieu, et l'avait évité aussi souvent que possible.

Mais malheureusement, si telle était la volonté de sa tante, elle allait devoir l'épouser! Elle n'avait que dix-huit ans; son oncle étant son tuteur, elle ne pourrait s'opposer à la décision qu'il prendrait concernant son avenir.

Prosper Witheridge!

Rien qu'en pensant à lui, elle avait la chair de poule et, comme aurait dit son père en plaisantant, elle sentait « quelqu'un marcher sur sa tombe »!

– Je ne peux pas l'épouser... Je ne peux pas! dit-elle tout haut. Je le déteste! J'éprouve pour lui un sentiment de... répulsion que je n'ai jamais éprouvé pour aucun autre homme.

Cependant, elle savait qu'une fois que son oncle aurait béni leurs fiançailles, il lui serait difficile, sinon impossible, de faire quoi que ce soit pour empêcher son mariage.

– Je le déteste! Je le déteste, répéta-t-elle.

Elle frissonna en pensant à ce qu'elle avait lu

dans les yeux de Prosper Witheridge, et à ses mains toujours chaudes et moites.

Bien sûr que le palais était une prison! Mais le quitter pour Prosper Witheridge serait passer d'une prison provisoire à un emprisonnement éternel.

– Je ne pourrais pas le supporter! murmura-t-elle dans un souffle.

A ce moment, elle entendit sa tante qui l'appelait. Elle courut jusque dans le hall, où les serviteurs transportaient les bagages dans le carrosse de voyage.

Son oncle et sa tante étaient prêts à partir.

– Où étiez-vous donc encore, insupportable enfant? demanda Mme Stratton. Vous n'êtes jamais là quand on a besoin de vous. Vous saviez pourtant bien que nous devions partir à 10 h 30.

– Je suis désolée, tante Sophie. J'avais oublié l'heure.

– Oublié! Oublié! C'est tout ce que vous savez faire! Comme je vous l'ai déjà dit, vous avez la tête trouée. Maintenant, écoutez-moi : je vous prie de vous conduire convenablement pendant notre absence. Mme Norris viendra coucher au palais cette nuit, mais elle ne sera pas là avant 6 heures, alors tâchez de bien vous tenir jusqu'à son arrivée.

– Oui, tante Sophie.

– Votre oncle veut vous parler, reprit Mme Stratton en regardant son mari d'un air entendu.

– Oui, oui, en effet, fit l'évêque, comme s'il avait oublié ce qu'il devait dire à sa nièce. Je ne veux pas que vous alliez vous promener du côté de Chart Hall avant notre retour, Pandora. Est-ce bien compris?

– Oui, oncle Augustus.

– Rappelez-vous bien les paroles de votre oncle, dit sèchement Mme Stratton. Si vous lui désobéissez, Pandora, vous serez sévèrement punie à notre retour.

– Oui, tante Sophie.

Mme Stratton s'avança majestueusement jusqu'à la voiture qui attendait au bas des marches.

C'était un véhicule impressionnant, portant le blason aux armes de l'évêque sur chaque porte. Le cocher et le valet de pied étaient vêtus de la livrée qui convenait à son rang ecclésiastique, et il y avait en plus quatre cavaliers pour les accompagner jusqu'à Londres.

En descendant les escaliers à côté de Pandora, l'évêque dit calmement :

– Essayez de ne pas déplaire à votre tante, mon enfant, et ne faites pas de bêtises avant notre retour.

– J'essaierai, oncle Augustus.

Pendant un court instant, les yeux de l'évêque s'attardèrent sur sa nièce, comme pour emporter la vision des rayons du soleil se reflétant dans ses cheveux blonds et dans ses yeux couleur violette.

Mais une voix autoritaire sortit du carrosse :

– Augustus! Nous devrions déjà être partis.

– Voilà, voilà, ma chère.

L'évêque s'installa, un valet de pied ferma la porte du carrosse, et le cortège s'ébranla en grande pompe.

Il ne manque que les trompettes, songea Pandora tandis qu'ils quittaient la cour d'honneur pour emprunter le petit chemin qui conduisait à la grand-route. Puis elle retourna au palais.

Ils étaient partis!

Elle était libre, mais son plaisir était gâché par la conversation qu'elle avait surprise quelques instants auparavant. Machinalement, elle entra dans le bureau de son oncle.

Cela aurait pu être une pièce agréable si sa tante

ne l'avait enlaidie de rideaux et d'un tapis couleur moutarde. L'ensemble était austère, sans une fleur ni un seul tableau pour égayer cette triste monotonie.

Cependant les fauteuils douillettement capitonnés prouvaient que l'évêque aimait son confort, et les papiers sur son vaste bureau étaient soigneusement rangés.

Pandora se dit qu'elle était certainement classée dans un de ces dossiers avec la mention : Pandora Stratton – Nièce et objet de charité.

« Si j'avais de l'argent, pensa-t-elle, j'irais à Londres et je me trouverais une situation qui me rendrait indépendante. »

Cependant cela lui paraissait aussi irréalisable que de s'envoler pour la lune ou d'aller vivre au fond de la mer.

Le peu d'argent légué par son père était entre les mains de son oncle; Pandora présumait qu'il s'en servirait pour lui constituer une dot, et lui acheter un trousseau quand elle se marierait.

Son mariage!

Une fois de plus cette idée la transperça comme un coup de poignard.

– Que puis-je faire? Oh, papa, que puis-je faire? fit-elle à voix basse.

Elle savait parfaitement que jamais son père et sa mère ne l'auraient forcée à épouser un homme qu'elle n'aimait pas.

Ses parents s'étaient mariés contre le gré des Chart, horrifiés de voir une des leurs devenir la femme d'un pasteur sans argent et qui n'avait à leurs yeux aucun intérêt.

Mais lady Evelyne expliqua à sa fille que bon nombre de ses amis, après avoir fait la connaissance de Charles Stratton, avaient compris sa décision de l'épouser.

Elle avait ajouté :

– Votre père était un être si séduisant, si joyeux! Il avait tant de charme! Je crois bien que mes tantes, mes cousines et même ma grand-mère en étaient tombées amoureuses! Bien sûr, elles n'auraient pas sacrifié leur importante position dans la société, comme l'avait fait sa mère, pour vivre dans ce petit presbytère où, malgré le manque d'argent, elle avait connu un si grand bonheur.

– Avez-vous jamais regretté d'avoir épousé papa? demanda un jour Pandora à sa mère.

Celle-ci avait répondu en riant :

– Ai-je l'air de quelqu'un qui regrette d'être la plus heureuse des femmes? J'adore votre père, il m'adore et, qui plus est, nous avons une fille merveilleuse! Que puis-je souhaiter de plus?

Il n'avait plus jamais été question d'aller aux bals de Londres et aux réceptions données pendant la Saison (1) ou même d'accepter les invitations du Prince Régent à Carlton House. Mais elle n'en souffrait pas.

Son seul bonheur avait été de faire du petit presbytère une maison accueillante pour son mari, et de serrer son budget au plus juste afin de leur permettre de monter à cheval l'été et d'aller à la chasse l'hiver.

Il n'y avait rien d'ironique dans le fait que ces chevaux tant aimés de Charles Stratton aient été justement la cause de sa mort tragique. C'était en quelque sorte la marque du destin.

Malgré sa peine, Pandora se disait souvent qu'il était préférable que ses parents fussent ainsi morts

(1) En Angleterre, période du printemps pendant laquelle ont lieu les grands événements mondains et sportifs (courses d'Ascot, tournoi de Wimbledon, etc.).

ensemble, car, l'un sans l'autre, ils auraient été complètement désemparés.

Elle désirait une union comme la leur. Mais comment épouser un homme comme Prosper Witheridge après avoir connu deux êtres qui s'aimaient si fort?

Non seulement il lui faisait horreur physiquement, mais il était en outre prétentieux, tartufe, prêt à critiquer et à trouver des défauts à tout le monde, exactement comme le faisait sa tante.

Son père avait toujours été tolérant envers les fautes des autres.

« Ils font de leur mieux », avait-il l'habitude de répondre lorsque l'on disait du mal des gens ou : « Nous devons leur laisser une chance. Les êtres ne peuvent donner que ce qu'ils sont capables de donner, et souvent nous leur demandons trop. »

Prosper Witheridge n'aurait jamais eu cette générosité, et Pandora savait qu'il ferait des tas d'histoires à propos de la soirée qui allait avoir lieu à Chart Hall.

Personne dans le palais de l'évêque ne s'était avisé qu'elle pouvait être blessée lorsque l'on dénigrait devant elle l'homme qui était son cousin. Il était peut-être comme on le décrivait, mais n'était-ce pas un manque de tact de le blâmer en sa présence?

Elle n'avait jamais rencontré l'actuel comte de Chartwood car son grand-père, le quatrième du titre, était mort deux ans après le décès de ses parents.

Le vieil homme, malade depuis longtemps, détestait férocement son héritier présomptif et ne lui avait jamais permis de venir à Chart Hall.

Cela se comprenait, car les deux frères de sa mère étaient morts à la guerre.

Le plus jeune, un marin, avait été tué à l'âge de

seize ans en combattant aux côtés de Nelson, lors de cette bataille du Nil qui avait été une si magnifique victoire sur la flotte française. L'aîné, que Pandora aimait beaucoup, avait trouvé la mort à Waterloo.

Leur père avait été bouleversé par leur disparition, mais aussi parce que le titre et le domaine devaient revenir à un obscur cousin qui ne présentait pour lui aucun intérêt.

Il avait toujours pensé que sa succession serait assurée, et brusquement ses deux fils lui étaient enlevés. Par comble de malheur, sa fille elle aussi mourut.

Un habitant du village avait dit à Pandora :

– Quand elle a appris l'accident de votre mère, Sa Seigneurie a tourné son visage contre le mur, et son cœur s'est fermé à tout jamais.

Pandora avait éprouvé la même sensation, mais de plus elle avait eu beaucoup de chagrin en apprenant que le cinquième comte de Chartwood était un homme totalement différent de ses oncles.

Le récit de ses extravagances, de ses folles soirées et de ses paris sur les chevaux était rapidement parvenu jusqu'à Lindchester. En outre, sa vie était tellement dissolue qu'en présence de Pandora l'on ne parlait de lui qu'à voix basse.

Le nouveau comte était arrivé à Chart Hall aussitôt après liquidation de la succession, et la jeune fille avait un peu espéré qu'il chercherait à la rencontrer.

De nombreuses personnes, soit dans la maison, soit dans le domaine auraient pu lui dire où elle vivait. Au lieu de cela, l'on ne parlait que de l'orgie qui avait eu lieu au moment de Noël.

Cette soirée avait été l'unique sujet de conversation des commères de la cathédrale, et les avait fait jacasser comme des perroquets dans une volière jusqu'au retour du comte, deux mois plus tard. De toute évidence, les familles du pays désireuses d'entrer en relations avec lui y avaient rapidement renoncé, horrifiées par sa conduite scandaleuse.

La peur se lisait dans les yeux des villageois lorsqu'ils évoquaient les changements survenus à Chart Hall, ou lorsqu'ils parlaient du comte.

Sa tante avait proféré contre lui de violentes critiques. Elle apprit que son oncle lui avait officiellement rendu visite, non seulement pour faire sa connaissance, mais aussi pour lui reprocher certains faits qui s'étaient déroulés au château.

Il était revenu furieux et outragé.

– Il y a longtemps que je n'avais pas été insulté de la sorte! avait-il déclaré.

Mais il n'avait pas voulu raconter exactement ce qui s'était passé. Pandora en conclut que le comte s'était moqué de tout ce que son oncle respectait.

On était maintenant en juin. Le régent avait sans doute quitté Londres pour Brighton, imité en cela par les « locomotives » de la haute société. Le comte de Chartwood lui aussi avait donc, comme la plupart de ses amis, abandonné sa résidence de Londres pour séjourner dans son domaine campagnard.

Sans aucun doute, son arrivée à Lindchester serait la cause d'une grande effervescence. Les commères, à l'affût du moindre scandale, allaient avoir de quoi pérorer à l'heure du thé.

Tous ces ragots faisaient de la peine à Pandora. Chaque fois que l'on dénigrait son cousin, c'était comme si l'on insultait le nom porté par sa mère.

Depuis des siècles la famille Chart avait joué un rôle important dans l'histoire de l'Angleterre.

Certains Chart avaient été royalistes au temps de Charles Ier, d'autres avaient combattu avec le duc de Marlborough à Blenheim, d'autres encore s'étaient distingués aux Indes et dans différents pays.

Pandora avait l'impression que leur sang se révoltait contre ce nouveau comte qui provoquait les attaques perfides de cette petite bourgeoisie mesquine de Lindchester, trop heureuse en réalité de pouvoir le mettre plus bas que terre.

Je me demande quel genre d'homme est-ce vraiment, se dit-elle.

Puis, brusquement, il lui vint une idée, une idée tellement fantastique qu'elle faillit en rire sur le moment. Mais elle se souvint de ce que sa tante venait de dire dans cette même pièce :

« Le comte ne se plaît qu'avec des grues et des actrices de théâtre. Aucun homme digne de ce nom ne voudrait être vu en compagnie de telles créatures ! »

Aucun homme digne de ce nom...

Ces mots se gravèrent dans l'esprit de Pandora. Elle eut le sentiment qu'il existait une issue, un moyen d'échapper au sort qui l'attendait.

Elle se dirigea vers la fenêtre et se mit à contempler sans y prendre garde le jardin impeccable mais si bien ordonné, avec ses parterres bien tenus, ses ifs taillés au cordeau, qu'il lui parut absurde.

Soudain, elle revit les pelouses veloutées de Chart, le jardin envahi par l'herbe entre ses murs élisabéthains, la roseraie odorante avec sa profusion de couleurs tout près du vieux cadran solaire.

Une nostalgie proche du malaise physique l'envahit.

Puis de nouveau, la même idée se précisa d'une façon si claire, si nette qu'elle eut l'impression de mettre en place les pièces d'un puzzle et que là se trouvait la réponse qu'elle attendait.

Elle prit place derrière le bureau de son oncle – chose qu'elle n'aurait jamais osé faire s'il avait été à la maison et se mit à écrire une lettre sur l'épais vélin réservé à cet effet. Après l'avoir repliée, elle la cacheta avec de la cire et monta dans la petite chambre qu'on lui avait attribuée au second étage du palais.

Elle sonna pour appeler une servante et, quand celle-ci arriva, elle lui donna ses instructions d'une voix calme et ferme qui la surprit elle-même.

Une heure plus tard, Pandora quittait le palais dans une des victorias qu'elle utilisait avec sa tante pour faire des visites dans le voisinage.

Le vieux cocher parut surpris quand elle lui indiqua l'endroit où elle désirait se rendre, mais il y avait trop longtemps qu'il était au service de l'évêque pour discuter les ordres qu'on lui donnait.

Pandora, en montant dans la voiture, s'assura que la petite malle contenant ses vêtements était bien attachée à l'arrière.

Après avoir traversé la rivière sur le vieux pont construit au temps des Normands, ils découvrirent la campagne avec ses arbres verts, ses champs où les blés mûrissaient, et au loin les bois, lieux d'embuscades l'hiver pour les chasseurs.

Depuis son arrivée chez son oncle, Pandora n'avait jamais eu la permission d'aller à la chasse. Elle avait pu garder un de ses chevaux pour le monter, mais les autres avaient été vendus.

On lui avait fait une faveur en lui laissant son cheval. Dans ses colères, sa tante la menaçait fréquemment de lui supprimer cet ultime privilège.

Elle songea qu'en se rendant à Chart elle obéissait à son oncle, sinon à l'esprit, du moins à la lettre : on lui avait dit de ne pas aller se promener du côté de Chart Hall, eh bien, ce n'était pas *du côté* qu'elle allait, mais *à* Chart Hall même!

Si son expédition échouait, et si elle devait subir la honte de revenir au palais, personne ne le saurait excepté les domestiques. Mais ceux-ci l'aimaient bien et détestaient sa tante; ils ne la trahiraient certainement pas.

Elle avait parcouru environ une lieue et se trouvait au milieu de ce beau paysage reposant qu'elle connaissait depuis toujours.

Les bois étaient plus épais par ici. Encore tout enfant, elle avait vagabondé dans ces forêts, et plus tard s'y était promenée à cheval.

Des ruisseaux serpentaient dans la prairie.

Elle reconnut celui où elle allait de temps en temps pêcher avec son père. Ils attrapaient de grosses truites brunes dont ils se régalaient au petit déjeuner.

Chaque détour du chemin éveillait en elle des souvenirs. Elle aperçut enfin le village avec ses petites maisons blanches et noires aux toits couverts de chaume.

Tous les jardins croulaient sous les fleurs. Pandora se rappela que sa mère avait eu l'idée de donner chaque année un prix au plus joli jardin, et les gens du pays mettaient leur point d'honneur à faire de leur village le plus beau du comté.

La jeune fille connaissait les habitants de chaque chaumière, mais à cette heure-ci les hommes étaient dans les champs, et la plupart des femmes travaillaient au château.

Au temps de son grand-père, elles étaient employées aux cuisines, à la blanchisserie et à la laiterie.

Elle se demanda s'il y avait encore les grandes jattes de crème épaisse que l'on posait sur les dalles de pierre, en attendant d'en faire ces mottes dorées qui portaient le blason de Chart.

Elle aimait beaucoup regarder les laitières au

travail, et quelquefois demandait la permission de les aider; mais elle se fatiguait vite à baratter cette crème qui allait devenir du beurre.

Enfin le château apparut.

Il était superbe, quelle que soit la période de l'année, mais plus encore en été lorsque les arbres verts l'enchâssaient comme une pierre rare.

La pierre grise rayonnait dans cette verdure, et les cheminées, les statues et les urnes du toit se détachaient sur le ciel.

Plus que les mots, sa majesté et son importance donnaient une idée de la grande famille qu'il avait abritée.

Chaque génération de Chart avait agrandi la contruction initiale commencée sous le règne de la reine Elisabeth.

Le deuxième comte, impressionné par des demeures comme celles de Blenheim, Hatfield et Burleigh, avait employé Inigo Jones pour apporter des améliorations à Chart Hall. Il avait ajouté deux ailes et une nouvelle façade, faisant du château un édifice aussi imposant que magnifique.

– J'aime Chart! s'exclama Pandora.

Cet endroit faisait partie de sa vie.

Elle retrouvait le lac où son père avait canoté parmi les nénuphars, les pelouses où elle s'était roulée enfant en poussant des cris de joie.

Derrière la maison, il y avait les bosquets où elle jouait à cache-cache, et les serres où le jardinier lui cueillait des pêches si grosses qu'elle pouvait à peine les tenir dans ses petites mains.

« Si seulement oncle George n'avait pas été tué à Waterloo! » pensa-t-elle mélancoliquement.

Il ressemblait beaucoup à sa mère et il n'aurait certainement pas voulu qu'elle vive chez des cousins de son père qui ne l'aimaient pas.

La voiture se rangea devant le grand perron. Un

valet de pied que Pandora ne reconnut pas se précipita au bas des marches pour ouvrir la portière, et la jeune fille sortit de la victoria.

« J'ai l'impression de rentrer à la maison », pensa-t-elle en pénétrant dans l'immense hall, avec ses statues de déesses grecques placées dans des niches, et dont le plafond peint par un maître italien était une explosion de couleurs.

Un étrange maître d'hôtel vint s'enquérir de ce qu'elle désirait, d'un air quelque peu soupçonneux.

– Je voudrais voir le comte de Chartwood, répondit Pandora.

Elle était déconcertée devant ces domestiques qu'elle ne connaissait pas. En effet, elle s'attendait à voir le vieux Burrows et les valets de pied, tous des enfants du village ayant chanté à la chorale.

Le maître d'hôtel, sans même lui demander son nom, lui jeta un regard qui lui parut dédaigneux. Puis il traversa le hall et ouvrit la porte du petit salon.

Son grand-père aimait beaucoup cette pièce car elle donnait sur les jardins. Plus petite que les autres salles de réception, elle était aussi plus chaude en hiver.

A sa grande surprise le maître d'hôtel ne l'invita pas à le suivre. Il entra dans une pièce, et elle l'entendit déclarer :

– Il y a une dame qui désire vous voir, M'Lord.

– Encore ? répondit une voix. Bon Dieu, Dalton, qui cela peut-il bien être ?

– Je n'en ai aucune idée, M'Lord.

– Une autre petite abeille qui vient papillonner autour du pot de miel, je présume. Elles le sentent, Dalton, elles sentent le miel où qu'il se trouve.

– Comme vous dites, M'Lord.

– Bon, faites-la entrer, mais Dieu m'est témoin que je ne l'ai pas invitée.

Elle comprit trop tard qu'elle n'aurait jamais dû venir. Maintenant il n'y avait rien d'autre à faire, sinon obéir au geste impérieux du maître d'hôtel qui lui montrait le chemin.

Elle pénétra dans le salon, en se redressant instinctivement et en levant légèrement le menton.

Un coup d'œil rapide lui permit de constater que rien n'avait été changé depuis la mort de son grand-père.

Le soleil, entrant à flots par les trois grandes fenêtres, l'éblouit si fort que pendant un moment elle fut incapable de distinguer l'unique occupant de la pièce.

Puis enfin elle le vit, une jambe passée par-dessus l'accoudoir, l'autre étendue devant lui, vautré dans le fauteuil à haut dossier qui avait été celui de son grand-père.

Il tenait un verre à la main, et Pandora éprouva tout d'abord quelque difficulté à le regarder en face.

Sans aucun doute, c'était bien un Chart. Tout comme elle, il avait les yeux couleur violette, mais les siens étaient plus foncés, plus durs, et ses sourcils, noirs comme ses cheveux, se rejoignaient presque au-dessus du nez.

On avait coutume de distinguer les Chart blonds et les Chart bruns : les bruns étaient les plus dangereux et les plus aventureux.

– Vos cheveux noircissent, parce que vous avez été méchante, disait sa vieille nourrice lorsque Pandora avait désobéi. « Si vous voulez garder vos cheveux blonds, il faut être toujours sage, ne l'oubliez pas! »

Le nouveau comte était très brun, et sa chevelure

le faisait ressembler à Byron, grâce aussi au désordre de sa cravate dénouée qui pendait sur sa chemise.

Il venait de monter à cheval; il portait encore son costume, et ses hautes bottes cirées étaient couvertes de poussière.

Elle se tenait devant lui, sans se rendre compte de la fixité de son regard.

Il dit enfin d'une voix railleuse :

– Alors, qui êtes-vous, et que voulez-vous?

– Je suis votre cousine, Pandora Stratton, répondit-elle, et je suis venue vous demander de... m'aider.

Il eut l'air étonné, mais ne fit pas mine de se lever.

Il répéta :

– Pandora Stratton, et vous dites que vous êtes ma cousine?

– Pas une cousine très proche, mais le dernier comte était mon grand-père.

Le comte renversa sa tête en arrière et se mit à rire :

– Votre grand-père? Grâce à Dieu vous ne lui ressemblez pas! Mais je suis pour le moins surpris de vous voir, cousine Pandora. J'avais cru comprendre que tous mes parents m'avaient renié.

– Vraiment? Je l'ignorais.

– Vous ne devez pas être au courant des histoires de famille, reprit le comte en ricanant. (Puis il s'exclama :) Mais bien sûr! Je vois! Stratton – vous avez quelque chose à voir avec ce bigot, ce chanteur de psaumes qui est venu me rendre visite lors de mon dernier séjour.

– C'est... mon oncle.

– J'en suis sincèrement désolé pour vous.

– Pas autant que... moi.

Il sourit pour la première fois et son visage en fut transformé.

– Je ne sais pas ce que vous voulez, mais si vous êtes venue pour me demander de secourir les pauvres, les malades, les infirmes ou les chômeurs de Linchester, vous pouvez économiser votre salive!

– Je ne vous demande aucun secours pour eux, répondit Pandora, bien qu'il serait sans aucun doute le bienvenu, mais... pour moi.

Tout en parlant, elle s'était assise sur une chaise en face du comte.

Il la regarda avec attention, notant, pensa-t-elle, tous les détails de sa robe austère, sans grâce, et de son chapeau dont les rubans très simples étaient noués sous son menton.

– Je crois que vous ressemblez un peu à tous ces ancêtres guindés qui ornent les murs de cette maison, fit-il.

– Comme vous devez le savoir, il y a les Chart blonds et les Chart bruns. Vous représentez une branche, et moi l'autre.

– Quelle est la différence?

– L'une est la bonne, l'autre la mauvaise.

Le comte éclata de rire à nouveau :

– Bon, voilà qui simplifie les choses. De toute façon, je fais de mon mieux pour mener ma vie selon ce qu'on attend de moi. Mais vous me dites que vous avez besoin de mon aide? Que peut donc bien attendre la sainte du pécheur?

Pandora ne put s'empêcher de rire à son tour. Puis elle reprit très sérieusement :

– Je suis venue à vous, cousin Norvin, parce que vous êtes la seule personne..., je pense, qui puisse... me sauver.

– J'espère que vous n'êtes pas en train de parler de votre âme! fit remarquer le comte.

– Je parle de ma vie... ou plutôt... de mon avenir. Vous voyez, mon oncle, l'évêque, a l'intention de me... marier à son chapelain, l'Honorable Prosper Witheridge.

– Et qu'est-ce que je viens faire dans tout ça? répliqua le comte avec brusquerie.

Pandora se sentit tout à coup très intimidée et elle baissa les yeux. Au bout d'un moment, elle dit d'une toute petite voix :

– J'aurais voulu... vous... demander... si je pouvais rester ici... une nuit... ou deux.

Après un silence, le comte déclara :

– Je ne suis pas sûr de bien entendre. Vous voulez rester avec moi en espérant, d'une façon que je ne parviens pas à imaginer, que cela empêchera votre mariage? (Il marqua une pause avant d'ajouter :) Je dois être vraiment obtus, mais je n'arrive pas à comprendre où vous voulez en venir.

Pandora prit sa respiration.

– J'espère... que ce que je vais vous dire ne vous mettra pas... en colère.

– Et si cela était, quelle importance?

– Vous risqueriez de ne pas être... gentil... et compréhensif.

– Deux vertus que je ne possède malheureusement pas, répliqua le comte. Mais encore une fois, j'aimerais bien que vous vous expliquiez plus clairement.

Pandora dit enfin dans un souffle :

– Mon oncle et ma tante sont allés... à Londres pour assister à une réception à Lambeth Palace.

– Je suis désolé pour eux, fit le comte avec une moue. Un pasteur à la fois, c'est déjà beaucoup, mais un conclave doit certainement venir à bout de la patience de n'importe quel saint!

Pandora sourit d'un air craintif, puis elle continua :

– Avant leur départ... j'ai entendu mon oncle dire que son chapelain lui avait demandé... ma main. Ma tante... a insisté pour que mon oncle donne son... consentement, pour que... j'épouse M. Witheridge.

– Et vous, vous n'en avez aucune envie?

– Il est horrible! Je le déteste et je ferais n'importe quoi pour ne pas devenir... sa femme.

– Même venir me demander de vous aider! fit le comte d'un ton moqueur.

– De toute façon, je voulais vous connaître, répondit Pandora. Après tout, vous vivez ici, à Chart, dans cet endroit que je connais depuis mon enfance. J'aime le château et ce village où j'ai été élevée.

L'imperceptible émotion qui perçait dans sa voix ne put échapper au comte.

– Continuez votre histoire. Je ne vois toujours pas quel est mon rôle.

Pandora, à nouveau, parut embarrassée, puis elle reprit ses couleurs et murmura :

– On a dit à ma tante... que... les femmes qui viennent ici sont toutes des... grues. Je ne suis pas très sûre de ce que cela... signifie... et aussi des actrices de théâtre, et qu'aucun homme digne de ce nom... ne voudrait être vu... en leur compagnie.

Elle n'osait plus regarder le comte et poursuivit d'une voix hésitante :

– J'ai... j'ai pensé... que si je restais ici... M. Witheridge... ne voudrait plus de moi.

Après un long silence, le comte éclata d'un rire énorme. Il riait si fort qu'il s'en étrangla. Puis il se redressa dans son fauteuil et retirant sa jambe de dessus l'accoudoir, il répondit :

– Je suis votre raisonnement, mais vraiment c'est une plaisanterie. La plus drôle que j'aie jamais entendue. Ainsi, vous m'avez choisi, entre tous, pour vous arracher aux prévenances d'un pasteur!

Pendant qu'il parlait il s'était levé et traversa la pièce jusqu'à une table-bar. Il s'empara d'une carafe et remplit son verre.

– Je crains d'avoir manqué totalement aux lois de l'hospitalité en ne vous offrant aucun rafraîchissement. Désirez-vous quelque chose?

– N... non... merci.

Pandora le regardait et ses yeux étaient de plus en plus inquiets dans son visage pâle.

– Vous voulez réellement faire cette chose scandaleuse? demanda le comte, planté devant le foyer de la cheminée, son verre à la main.

– Je ne peux pas... faire autrement, fit Pandora avec conviction. Vous voyez bien que je suis prise au piège. Oncle Augustus est mon tuteur, et quand papa et maman sont morts... personne n'a proposé de me recueillir.

– Et si vous disiez tout simplement que vous ne voulez pas épouser cet homme que vous haïssez? déclara le comte, et cette fois il ne plaisantait plus.

– Ils me... forceront à le faire, répondit Pandora sourdement. La loi ne me donne pas... le choix. En outre, ma tante... me déteste et elle est pressée de se... débarrasser de moi. (Elle marqua une pause avant d'ajouter :) Elle est assez âgée, et bien que cela paraisse prétentieux de ma part, je crois qu'elle est un peu... jalouse de moi.

– Cela n'a rien de surprenant.

Le comte vida son verre et reprit :

– Il doit y avoir une autre solution. Avez-vous pensé à tout ce que l'on va raconter sur vous si vous restez ici?

– Oui... je sais. Mais, je vous en prie, gardez-moi... juste deux nuits. Je suis sûre qu'après cette aventure M. Witheridge changera d'avis. Il est très soucieux... de son importance, et il sait que vous avez fait de Chart Hall... la maison du péché.

– Qu'il soit damné pour son impertinence, rugit le comte. Qu'est-ce qu'un homme comme lui peut bien savoir du péché, et qui est-il pour oser porter un jugement sur moi?

– Il semble que vous ayez... scandalisé... tout le voisinage.

– C'était exactement mon intention.

Ses yeux se rétrécirent et sa bouche se durcit tout à coup.

– Je voulais choquer et horrifier tout le monde, et quand je dis tout le monde, cela s'adresse également à ma famille, vous y compris!

Sa voix était dure, et Pandora crut discerner une lueur cruelle au fond de ses yeux lorsqu'il s'exclama :

– Mais naturellement! Pourquoi hésiterais-je? Venez, petite Pandora. Entrez dans ce guêpier. Soyez la bienvenue dans la maison du péché. Je vous accueille... Je vous accueille à bras ouverts.

– Vraiment, vous voulez bien?

– Je suis tout disposé à être votre hôte. Je vous invite à rester sous mon toit aussi longtemps que vous le voudrez. Ma maison est la vôtre.

– Merci! Oh, merci, s'écria Pandora. Pensez-vous qu'un domestique puisse porter ce billet au cocher et lui dire de retourner à Lindchester sans moi?

– Quel billet?

– Une lettre pour M. Witheridge lui expliquant où je suis.

– Vous avez réellement pensé à tout!

– J'ai essayé, répondit Pandora. Il est allé rendre visite à son père et il va revenir cette nuit. Quand il apprendra mon aventure, je pense qu'il sera à la fois... épouvanté et... dégoûté.

– J'en suis certain, approuva le comte avec une note de satisfaction dans la voix.

– J'ai apporté une malle, dans l'espoir que vous seriez assez gentil pour me permettre de rester.

Le comte tira une sonnette et presque immédiatement la porte s'ouvrit.

– Portez ce billet à la voiture de Mlle Stratton, et dites au cocher de retourner chez lui. Faites porter sa malle, Mlle Stratton s'installe ici.

– Oui, M'Lord.

Pandora ne manqua pas de remarquer l'expression surprise du maître d'hôtel.

– Je pensais trouver Burrows, fit-elle. Avez-vous fait beaucoup de changements dans le personnel?

– Je n'en ai aucune idée. J'ai une personne qui s'occupe de toutes ces choses.

Pandora comprit que c'était une des raisons pour lesquelles les gens du village étaient contrariés et apeurés.

Elle allait en dire davantage, quand la porte s'ouvrit et l'une des plus jolies femmes qu'elle eût jamais vue entra dans le salon.

Sa chevelure d'un roux éclatant formait un contraste avec sa peau si blanche que Pandora mit une ou deux secondes à comprendre que cette blancheur n'était pas naturelle.

Elle avait des lèvres écarlates, et portait un monceau de bijoux sur sa robe décolletée qui ne dissimulait rien de ses formes rondes et pulpeuses.

Elle s'avança d'un pas décidé et ses yeux allèrent du comte à Pandora d'un air interrogateur qui avait quelque chose d'offensant.

– J'ai entendu arriver une *dame,* fit-elle en appuyant sur le mot, et je me demandais qui cela pouvait bien être! Je croyais que nos invités devaient arriver plus tard.

– Tu n'as pas besoin de t'exciter, répliqua le

comte. C'est ma cousine Pandora Stratton que je vois pour la première fois.

– Tu espères me faire avaler ça? rétorqua la nouvelle arrivante.

Elle regarda de nouveau Pandora avec un air encore plus soupçonneux que la première fois.

Sentant qu'elle devait dire quelque chose, Pandora expliqua rapidement :

– Je vis à Lindchester, et je suis venue demander à mon cousin de m'aider.

– Il n'a pas d'argent pour faire la charité, fit rudement la jeune femme. D'ailleurs, j'y veille.

– La ferme, Kitty, tiens-toi, je te prie, cria le comte. Ma cousine a parfaitement le droit de me demander mon aide. D'ailleurs elle ne veut pas d'argent.

– Qu'est-ce qu'elle veut alors?

– Seulement une invitation à rester une ou deux nuits, histoire de refroidir l'ardeur d'un pasteur qui désire l'épouser.

– Dieu tout-puissant, où allons-nous? Je ne crois pas qu'il y ait un rôle pour toi dans cette comédie, Norvin. Je pense que tu t'en rends compte.

– Au contraire, je suis tout prêt à jouer le rôle du metteur en scène ou celui du coquin. Mais si nous commencions par le début, et si je te présentais?

Il fit un geste de la main.

– Pandora, voici Kitty King, et comme j'imagine que vous ne savez rien du théâtre de Londres, laissez-moi vous préciser qu'elle joue un rôle important à Drury Lane, et qu'elle double également avec maestria la célèbre Mme Vestris.

Cela ne disait rien à Pandora, mais manifestement Kitty King buvait tout cela comme du petit-lait.

– Maestria, voilà le mot exact! s'exclama-t-elle. Vous devriez me voir arpentant la scène avec mon pantalon et mes bottes. Tous les spectateurs sont debout, n'est-ce pas, Norvin?

– Sans aucun doute, ils apprécient le spectacle que tu leur offres.

– C'est que j'ai beaucoup de choses à montrer!

– Oui, d'ailleurs je crois que tu devrais mincir pour ton prochain rôle.

– Il y a peu de chances, avec tout ce qu'il y a à boire dans cette maison. Au fait, je prendrais bien quelque chose...

– Pardonne-moi de ne pas y avoir songé, mais ma cousine m'a beaucoup donné à réfléchir.

– Bien, alors réfléchis avec ton esprit et pas avec tes mains, conseilla Kitty.

Le comte sonna de nouveau.

– Champagne! ordonna-t-il lorsque la porte s'ouvrit.

– J'étais justement en train de l'apporter, répondit le maître d'hôtel.

Deux valets de pied le suivaient avec un seau à glace en argent où cliquetaient deux bouteilles.

– Bon, je ne comprends pas très bien ce qui se passe, reprit Kitty en s'affalant sur le divan et en croisant haut les jambes pour montrer ses chevilles, mais je n'ai jamais refusé d'aider un ami.

– C'est justement ce que ma cousine était en train de me demander.

Les yeux de Kitty King s'adoucirent en se posant sur Pandora.

– Pourquoi ne voulez-vous pas épouser ce type? demanda-t-elle. Il me semble pourtant que vous feriez une excellente femme de pasteur.

– Ce n'est pas vrai, s'écria Pandora, et franchement, je préférerais mourir plutôt que de me marier avec lui.

Kitty King se mit à rire.

– Je n'en crois rien! Aucun homme ne mérite

qu'on *meure* pour lui. Essayez donc plutôt d'apprendre à vivre avec eux. C'est beaucoup plus difficile.

Elle rit de nouveau, puis tendit la main vers la coupe de champagne que le valet de pied lui apportait sur un plateau d'argent. Elle leva son verre en direction de Norvin et déclara :

– Une vie courte, mais joyeuse, voilà ma devise!

Le valet de pied offrit un verre à Pandora. Comme elle hésitait, le comte lui dit :

– Prenez un peu de champagne. Je suis sûr que vous en avez besoin. Il vous a fallu beaucoup de courage pour venir ici.

– Je vous remercie, fit Pandora d'une voix sourde.

– Je vous en prie. D'ailleurs, j'ai le sentiment que vous allez bientôt regretter votre impulsivité. Mais quelle importance cela a-t-il pour moi? Ce que vous faites ne me regarde pas.

Il avait parlé avec violence, et Pandora le regarda d'un air surpris.

Puis elle se promit de ne faire aucune remarque, quelle que soit son attitude ou celle de quiconque dans cette maison. Elle s'était tournée vers le comte, désespérée, pour échapper à son destin, et elle lui serait éternellement reconnaissante de l'avoir aidée.

2

Les invités arrivèrent un peu plus tard, alors que le comte et Kitty buvaient encore le champagne.

Il s'agissait de trois jeunes aristocrates, tous porteurs de titres de noblesse. Mais ils ne s'appelaient que par leurs prénoms – Freddie, Clive et Richard –

et Pandora eut quelque peine à savoir qui était qui.

Ils arrivaient de Londres, chacun dans son propre phaéton, accompagnés de trois jeunes femmes, aussi ravissantes et séduisantes dans leur genre que Kitty.

Pandora n'avait pas compris leurs noms, mais cela n'avait aucune importance, car leurs soupirants, visiblement en adoration devant elles, ne les appelaient que « mon chou » ou « chérie ».

Les trois hommes déclarèrent que la poussière leur avait donné soif et qu'ils étaient épuisés par le voyage. On apporta encore du champagne, et ils portèrent un toast au comte et à Kitty avec des sous-entendus grivois qui mirent Pandora mal à l'aise.

Cependant, ils étaient si amusants et avaient l'air tellement heureux d'être à Chart Hall que la jeune fille les trouva sympathiques.

Puis la porte s'ouvrit et un homme entra. Contrairement aux autres invités, il fut annoncé par le maître d'hôtel.

– Sir Gilbert Longridge, M'Lord.

Beau garçon, et encore plus élégant que ses amis, sir Gilbert était plus âgé qu'eux.

Mais, en le voyant s'avancer vers le comte, Pandora lui trouva quelque chose de déplaisant.

Elle ne pouvait pas très bien expliquer ce qu'elle ressentait, mais son père lui avait souvent répété que son instinct en ce qui concernait les gens et les chevaux était presque infaillible.

– Seul, Gilbert? s'exclama le comte d'un air surpris.

– Fanny m'a fait faux bond, répliqua sir Gilbert d'une voix désagréable. Je ne perdrai plus jamais mon temps et mon argent avec une femme qui est incapable de tenir ses engagements. Le duc peut la prendre, je m'en fiche éperdument.

– Il sera ravi, déclara Freddie. Bien que, personnellement, j'y regarderais à deux fois avant de récupérer tes laissés-pour-compte. Tu les gâtes d'une manière si scandaleuse que tu casses les prix sur le marché.

– A quoi sert l'argent, mon cher ami, sinon à être dépensé pour le plaisir! rétorqua nonchalamment sir Gilbert.

Ses yeux firent le tour de la pièce et tombèrent sur Pandora. Pendant un instant, il la regarda en silence, puis il dit :

– Mais je m'aperçois que nous sommes quand même dix! Comment as-tu pu être si clairvoyant, mon cher Norvin, et deviner que j'allais arriver les mains vides?

– C'est ma cousine Pandora Stratton. Je ne pensais pas qu'elle prendrait part à cette soirée. Elle est arrivée à l'improviste.

– Quoi de plus délicieux que l'imprévu? demanda sir Gilbert suavement.

Il se dirigea vers Pandora et, prenant sa main dans les siennes, il lui dit :

– Nous sommes manifestement faits l'un pour l'autre, ma jolie, et je n'ai encore jamais osé contrarier le destin.

Lorsqu'il la toucha, Pandora s'aperçut qu'elle le détestait franchement, et elle se demandait comment retirer sa main, quand le comte déclara :

– Je ne voudrais pas vous presser, mais le dîner est à 7 heures et demie. Alphonse est avec moi, et je ne voudrais pas qu'il pique une colère si le repas est gâché. Vous connaissez le mauvais caractère de ces Français.

– Je suis ravi d'apprendre qu'Alphonse est ici,

remarqua Clive. Il est encore plus indispensable à mon confort que toi, ma chérie.

En disant ces mots, il déposa un baiser sur la joue de la jeune femme qui se trouvait près de lui. Avec ses boucles brunes et ses yeux ardents, c'est elle que l'on remarquait le plus parmi les nouvelles arrivantes.

Puis Pandora découvrit combien les artifices dont usaient ces trois jeunes femmes – apparemment des actrices – étaient fragiles.

Sans aucun doute on les remarquait au premier regard. Mais après les avoir observées quelque temps, Pandora se dit que les feux de la rampe étaient indispensables pour cacher leurs peaux ridées et les cernes qu'elles avaient sous les yeux.

Cependant avec leurs chapeaux garnis de plumes d'autruche, leurs manteaux de taffetas, et leurs robes ornées de dentelles et de rubans, elles étaient éclatantes et attiraient l'œil comme une volée de colibris.

– Allons nous habiller, s'exclama celle qui s'appelait Hettie. Nous avons apporté nos plus beaux atours pour faire honneur à ce manoir ancestral.

Elle avait dit cela d'un ton moqueur, et le comte répliqua :

– Allez-y! Mettez un peu de joie dans ce mausolée! Dieu sait s'il en a besoin!

Pandora le regarda d'un air surpris.

Elle aimait tant la grande maison et admirait si profondément ses nobles proportions et tous ses trésors, qu'elle avait peine à croire que l'on pût dénigrer de telles splendeurs.

Comme si le comte avait compris ce qu'elle ressentait, il lui jeta un rapide coup d'œil et reprit :

– Si vous êtes sur le point de changer d'avis et

que vous désiriez retourner chez vous avant d'être contaminée, il en est encore temps.

La jeune fille fut seule à entendre ces paroles et, levant les yeux sur lui, elle se demanda s'il se rendait compte qu'elle était à la fois déconcertée et un peu choquée.

Puis elle enchaîna rapidement :

– Non... bien sûr que non. Vous êtes très... gentil de me... garder, et je suis sûre que cela produira... l'effet désiré sur M. Witheridge.

– Et, naturellement, c'est la seule chose qui importe, affirma le comte.

Pandora s'empressa derrière les autres femmes qui quittaient le salon. En les rejoignant, elle se retourna. Le comte parlait à l'un de ses amis, mais sir Gilbert la regardait d'un air qui la contraria.

En montant le grand escalier où tant d'illustres ancêtres des Chart étaient passés, Pandora s'aperçut, en écoutant les jeunes femmes, que seule Kitty était déjà venue dans la maison.

– Dieu, mais on pourrait loger une armée dans cette baraque, s'exclama l'une des actrices.

– Pourquoi n'as-tu pas invité toute la troupe pendant que tu y étais, Kitty? demanda une autre.

– Sir Edward Trentham a une propriété non loin d'ici; Gabrielle et les autres sont avec lui. Ils doivent tous venir dîner ce soir.

Les jeunes femmes poussèrent des petits cris de joie. Pandora en conclut que sir Edward était le grand favori.

– Savez-vous ce qu'il a donné à Gabrielle la semaine dernière? fit l'une d'entre elles en arrivant en haut des marches.

– Tout de même pas un autre collier de diamants? s'enquit une autre.

– Non. Une maison à Chelsea, et il l'a mise à son nom!

– Dieu qu'elle a de la veine! s'écria Hettie. Ce n'est pas Richard qui me ferait un cadeau pareil.

– Tu devrais l'empêcher de jouer, déclara Kitty. Il aime trop les cartes. Cela me rend toujours furieuse quand je vois des hommes perdre au jeu ce qu'ils pourraient dépenser pour moi.

– Je suis d'accord avec toi, répondit Hettie.

Elle avait des cheveux d'un blond si éclatant qu'il en était aveuglant, et ses cils, enduits de mascara, étaient plantés comme des petites allumettes autour de ses yeux bleus.

Lorsqu'elles atteignirent le palier, Pandora s'aperçut qu'elle ne connaissait pas la femme de chambre qui les attendait. Elle fut étonnée de ne pas trouver la chère vieille Mme Meadowfield qui était à Chart Hall depuis toujours.

La nouvelle était plus jeune, et elle avait le même air soupçonneux, insolent, que Pandora avait remarqué chez le maître d'hôtel.

– Bonsoir, mesdames! dit-elle, et elle appuya sur le dernier mot d'un ton méprisant. Je vais vous montrer vos chambres.

Comme les autres attendaient, Kitty déclara :

– Soyez gentilles avec Mme Jenkins, et tâchez de ne pas être en retard. Sa Seigneurie n'aime pas que les soufflés manquent de tenue – ce qui sera certainement le cas ce soir pour la plupart d'entre nous.

Sur ces paroles, elle s'éloigna par le corridor et entra dans une chambre contiguë à celle du maître, là où le grand-père de Pandora avait toujours dormi.

La jeune fille fut surprise de voir Mme Jenkins conduire les invitées dans leurs chambres respectives séparées par une autre pièce probablement destinée à leurs amis. A l'époque de sa mère, on logeait les hommes et les femmes dans des ailes séparées.

Elle fut la dernière à recevoir les attentions de la femme de chambre.

– Quant à vous, mademoiselle Stratton, fit-elle quelque peu familièrement, je vous ai mise dans la chambre rose.

– Oh! quelle joie! s'écria Pandora. C'est une de celles que je préfère, et j'adore la vue sur le jardin.

Mme Jenkins lui jeta un regard et demanda :

– Vous êtes vraiment la cousine de Sa Seigneurie?

– Mais, bien sûr. Ma mère s'appelait Evelyne Chart avant son mariage, et le vieux comte était mon grand-père.

– Vous allez trouver du changement, déclara Mme Jenkins.

Pandora ne sut quoi répondre, mais elle était impatiente de revoir la chambre rose. En entrant, elle trouva une servante de sa connaissance occupée à défaire ses bagages.

– Bonsoir, Mary, dit-elle. Comme je suis contente de te voir ici! Je ne savais pas que tu travaillais au château.

– Elle débute, coupa Mme Jenkins avant que Mary ait eu le temps de répondre. Si elle ne fait pas bien son travail, dites-le-moi, je trouverai quelqu'un d'autre.

– Je suis sûre que Mary s'occupera très bien de moi, répliqua Pandora.

– Ces filles de la campagne me paraissent très ignorantes, fit-elle d'un air dégoûté.

Lorsque la femme de chambre eut quitté la pièce, Mary dit à Pandora :

– C' que j' suis contente de vous voir, mademoiselle Pandora, c'est pas croyable! Les choses sont bien différentes de c' qu'elles étaient quand je venais aider ma mère au moment des réceptions de Sa Seigneurie.

– Tu es engagée définitivement? questionna Pandora.

– J' l'espère, mademoiselle, mais ils ont renvoyé beaucoup d'anciens serviteurs, et ils en ont amené de nouveaux. On n'y comprend rien dans le village.

– Et ta mère?

– Elle aide à la cuisine, mademoiselle. Elle dit qu'elle a peur du chef. Il paraît qu'il pique des colères terribles!

Pandora sourit:

– C'est parce qu'il est français... Dis à ta mère de ne pas se faire de souci. J'espère que vous êtes bien payées toutes les deux?

– Oh, pour ça oui, mademoiselle!

Pandora s'avisa tout à coup que les autres femmes pouvaient avoir besoin de Mary, et qu'elle ne devait pas lui créer d'ennuis en la retenant trop longtemps.

– Reviens dans un moment, tu m'aideras à m'habiller. Tu sais que je suis très capable de me débrouiller toute seule.

– Quand on m'a dit que vous étiez ici, mademoiselle, ça m'a fait un tel coup qu'on aurait pu me renverser d'une chiquenaude! J'aurais jamais pensé vous voir à Chart Hall, surtout après tout ce qu'on raconte.

Pandora estima déloyal vis-à-vis du comte d'encourager Mary à cancaner. Mais visiblement la jeune servante avait besoin de soulager son cœur.

– Laisse-moi maintenant, Mary; et reviens dans un quart d'heure.

– Très bien, mademoiselle.

Mary tira la malle qui était au milieu de la chambre et la poussa contre le mur.

– J' finirai de défaire vos bagages plus tard quand vous s'rez descendue pour le dîner. (En arrivant à la porte, elle ajouta :) J'suis bien contente que vous soyez là, mademoiselle, bien contente!

Elle sortit et Pandora commença à se déshabiller en fronçant les sourcils. La jeune fille avait cru percevoir dans la voix de Mary comme une crainte qui la mettait mal à l'aise. Elle se sentait inquiète et pleine d'appréhension à propos de ce qui avait pu se passer à Chart Hall. Elle n'aimait pas les nouveaux domestiques et estimait injuste que l'on ait renvoyé les vieux serviteurs.

Pandora se demanda ce que son père et sa mère auraient pensé du comte. Il était certainement très bizarre – disons plutôt excentrique –, cependant elle le trouvait beaucoup moins odieux que sir Gilbert Longridge.

« Je n'ai pas à aimer ou à détester ces gens, se dit-elle. Je suis venue ici par désespoir, et je dois m'en accommoder que cela me plaise ou non. »

L'atmosphère qui régnait au château était sans doute très étrange, néanmoins elle était sûre d'une chose : Prosper Witheridge serait horrifié devant la conduite de Kitty, Hettie, Lettie, ou de cette troisième actrice que l'on appelait Caro.

Pour lui, les maisons de jeu étaient le rendez-vous de gens sans foi ni loi et des pièges pour les imprudents qui s'y risquaient.

Puis elle songea aux commentaires de son oncle et de sa tante lorsqu'ils connaîtraient le lieu de son asile.

« Si le comte veut bien me garder, se dit-elle, je resterai jusqu'à vendredi matin. Si je retourne au palais avant, Prosper ne manquera pas de me faire des remontrances. »

Elle imaginait sans peine son sermon prétentieux et, comme si le fait même de l'évoquer suffisait à le faire apparaître, Mary revint un instant plus tard et déclara :

– Je viens vous prévenir qu'un monsieur vous attend en bas, mademoiselle.

– Un monsieur? demanda Pandora surprise.

– Le valet de pied dit que c'est un pasteur, mademoiselle.

Le cœur de Pandora se glaça dans sa poitrine. Elle n'avait aucun doute sur l'identité de son visiteur, mais elle ne l'attendait pas de sitôt.

Mais il était 7 heures. Si donc il était arrivé à Lindchester un peu plus tôt que prévu, il avait eu le temps de lire la lettre et d'accourir à Chart Hall.

– J'aurais dû ne l'envoyer que demain, murmura-t-elle. Mais à présent, il était trop tard.

Mary finissait d'agrafer sa robe, une robe qui avait appartenu à sa mère et qu'elle avait réajustée à sa taille. C'était sa plus jolie robe et elle trouvait juste qu'elle fût portée encore une fois dans ces lieux mêmes où avait vécu sa mère.

Elle paraîtrait bien simple et peut-être démodée à côté des robes luxueuses des actrices, mais elle savait que ses parents n'auraient certes pas apprécié leurs toilettes qui les faisaient paraître vulgaires.

Trop agitée à la pensée de Prosper Witheridge qui l'attendait, pour se regarder dans la glace, elle attacha cependant autour de son long cou un petit ruban de velours turquoise assorti à sa robe.

Elle dit à Mary :

– Il faut que je descende maintenant. Y a-t-il quelqu'un en bas?

– J' crois pas, mademoiselle. Les femmes de chambre disent que les dames sont toujours prêtes à la dernière minute, parc' qu'elles mettent des heures à se peindre la figure.

Pandora sembla hésiter un moment, puis elle reprit :

– Penses-tu, Mary, qu'un domestique pourrait aller dire à Sa Seigneurie le nom de ce visiteur?

– Bien sûr, mademoiselle, il préviendra son valet de chambre.

– Fais-lui dire que l'homme à qui j'ai envoyé une lettre est là, en bas.

– Très bien, mademoiselle, répondit Mary.

Pandora hésita de nouveau.

Elle aurait donné tout l'or du monde pour que le comte l'accompagne. Puis elle s'exhorta au courage et décida de ne point importuner son cousin avec ses affaires personnelles.

Levant haut la tête, elle descendit lentement le grand escalier. Mais son cœur battait à se rompre. Ses ancêtres qui la regardaient du haut de leur portrait lui redonnèrent du courage.

« Aidez-moi, leur cria Pandora intérieurement. D'ailleurs, pourquoi aurais-je peur d'un homme comme Prosper Witheridge? »

Mais elle était effrayée, et ses mains étaient moites en atteignant le hall. Le maître d'hôtel qui l'attendait déclara :

– La personne qui vous demande est dans le petit salon, mademoiselle.

Il avait prononcé ces paroles avec une sorte de délectation, comme s'il se réjouissait du drame qui allait se produire, Pandora répondit avec une dignité froide :

– Je vous remercie. Je suppose que nous devons nous retrouver dans le salon argent avant le dîner?

– Parfaitement, mademoiselle, répliqua le maître d'hôtel un peu plus respectueusement, impressionné par sa connaissance des usages de la maison.

Il ouvrit la porte du petit salon. La mère de Pandora aimait beaucoup cette pièce, où elle recevait les visiteurs à la place de son père, trop malade pour le faire lui-même.

Prosper Witheridge était adossé au manteau de la cheminée, et la jeune fille crut défaillir devant son air particulièrement agressif. Il était tellement furieux que ses sourcils formaient une barre au-dessus de ses yeux proéminents trop rapprochés, et ses lèvres minces n'étaient plus qu'une ligne dure.

Pandora entendit la porte se refermer derrière elle et elle s'efforça d'avancer lentement avec dignité.

Lorsqu'elle fut près de lui, il articula d'une voix qui contenait mal sa colère :

– Etes-vous devenue folle? Avez-vous perdu l'esprit pour venir dans cette maison?

– Comme je vous l'ai dit dans ma lettre, je suis chez mon cousin.

– Allez faire vos bagages. Je vous ramène immédiatement.

– Je suis l'invitée de mon cousin, et j'ai l'intention de rester ici.

– Je puis seulement vous assurer que vous n'êtes pas dans votre état normal. Vous savez parfaitement que votre oncle et votre tante seraient outrés de vous savoir ici. Votre bon sens devrait vous faire comprendre que vous ne pouvez pas rester dans cette maison.

– C'est la maison de mon grand-père.

– Oui, mais elle appartient maintenant à un requin dissolu, et je ne permettrai pas que vous demeuriez une seconde de plus en sa compagnie.

– Vous n'avez aucun droit sur moi.

– En tant que futur mari..., commença Prosper Witheridge.

– Je ne vous épouserai pas! coupa Pandora. Que ceci soit bien clair entre nous. Je ne serai jamais votre femme, même si vous deviez être le dernier homme sur cette terre!

Pendant un moment l'Honorable Prosper Witheridge garda un silence stupéfait.

Il était très prétentieux et bon nombre de femmes le flattaient et lui faisaient des avances. L'idée que Pandora puisse ne pas tomber dans ses bras, heureuse et pleine de gratitude, ne lui avait jamais traversé l'esprit.

– Savez-vous ce que vous dites?

Sa surprise aurait amusé Pandora si elle avait pu penser à autre chose qu'à son cœur battant la chamade.

– Je ne me marierai pas... avec vous, répéta-t-elle d'une voix ferme.

– Après votre séjour ici, il y a peu de chances pour que vous trouviez un mari!

– J'en suis parfaitement consciente.

– Vous êtes trop jeune et trop innocente pour savoir ce que vous dites ou ce que vous faites, fit Prosper Witheridge, comme pour s'expliquer à lui-même l'attitude de Pandora.

– Je sais très bien ce que je fais. Je suis venue ici de mon plein gré. Mon oncle et ma tante pourront dire ce qu'ils veulent, je ne vous épouserai pas.

– Vous parlez comme une insensée, rugit Prosper Witheridge hors de lui. Je vais vous ramener sur-le-champ et, de retour au palais, je vous enfermerai à double tour dans votre chambre jusqu'au retour de votre oncle.

– Je ne vous permettrai pas de faire une chose pareille, répondit Pandora d'un air de défi.

– Vous n'avez pas le choix, répliqua Prosper

Witheridge, et la menace contenue dans sa voix ne put échapper à la jeune fille.

Puis il approcha d'elle et lui saisit le bras.

Elle fut surprise par son geste. Jamais elle n'avait songé à l'éventualité d'un enlèvement. Aussi résista-t-elle, et les doigts du jeune homme s'enfoncèrent dans la tendre chair de Pandora.

– Comment osez-vous poser les mains sur moi, cria-t-elle. Laissez-moi!

– Vous allez venir avec moi, répéta Prosper Witheridge. Et j'espère bien qu'à son retour, votre oncle vous punira comme vous le méritez pour votre conduite honteuse!

Il l'entraînait à présent vers la porte et Pandora luttait pour ne pas perdre un pouce de terrain. Mais elle était très frêle, et il était fort. Elle comprit avec désespoir qu'elle allait perdre la bataille.

– Laissez-moi! hurla-t-elle, tandis qu'il la précipitait brutalement contre la porte.

Soudain la porte s'ouvrit et le comte apparut, resplendissant dans sa tenue de soirée. Il portait une cravate blanche nouée avec élégance et un habit parfaitement coupé, avec ces pantalons étroits qui commençaient à être à la mode.

Il leur barrait le passage, et Prosper Witheridge, tirant toujours Pandora par le bras, fut bien obligé de s'arrêter.

– Pourrais-je savoir ce qui se passe ici? demanda le comte d'une voix glaciale.

– Vous êtes le comte de Chartwood? s'enquit Prosper Witheridge sans lâcher Pandora.

– C'est à moi de poser les questions, répliqua le comte, car il ne me semble pas vous avoir invité.

– Je suis venu, répondit Prosper Witheridge, pour ramener une jeune fille, qui n'a aucune raison de s'imposer à Votre Seigneurie, là où elle doit être.

– De quel droit?

– Du mien! Je suis le chapelain privé du très révérend évêque de Lindchester.

– J'en suis ravi pour vous! fit le comte d'une voix moqueuse, mais cette position vous autorise-t-elle à enlever les jeunes filles en visite chez leurs cousins?

– Je n'enlève pas Mlle Stratton. Son oncle, l'évêque, l'a laissée sous ma responsabilité. Or, en arrivant à Lindchester, j'ai constaté qu'elle s'était embarquée dans une aventure des plus regrettables et qui affectera profondément ceux qui, par bonté de cœur, lui ont offert un asile respectable.

– Etes-vous en train d'insinuer que ma maison n'est pas respectable?

Sa voix était dure, mais dans son regard brillait une lueur d'amusement.

Prosper Witheridge était trop en colère pour se montrer prudent.

– Votre Seigneurie est parfaitement consciente que Chart Hall n'est pas l'endroit idéal pour une jeune fille innocente.

– Est-ce là votre opinion personnelle? Dans ce cas j'aimerais bien savoir sur quels faits vous fondez une telle affirmation.

Prosper Witheridge parut mal à l'aise.

– Ce n'est pas la peine de discuter davantage, Votre Seigneurie. Avec votre permission, je vais ramener Mlle Stratton chez elle. Je ferai prendre ses bagages demain matin.

– Je ne vous donne pas ma permission, répliqua le comte. Ma cousine est chez moi en tant qu'invitée, et elle y restera aussi longtemps qu'il lui plaira.

– Je ne peux croire une chose pareille, aboya Prosper Witheridge.

– Je pensais pourtant qu'un homme cultivé comme vous était capable de comprendre vite.

Pour la première fois depuis le début de la conversation, Prosper Witheridge lâcha le bras de Pandora.

– Cette discussion est absurde, dit-il aigrement. La vie privée de Sa Seigneurie est son affaire, mais Mlle Stratton est trop jeune et trop pure pour comprendre.

– Pour comprendre quoi? demanda le comte.

– Que votre façon de vivre et vos fréquentations sont tout le contraire de ce qu'elle a pu connaître ou imaginer.

– Que savez-vous de ma façon de vivre et de mes amis?

Le comte avait posé cette question sur un ton badin, presque en plaisantant.

– Je sais, répondit Prosper Witheridge en haussant le ton, que pour les gens pieux, ces fréquentations sentent la pourriture et que tout ce qui se passe dans ce manoir ancestral est dirigé par Satan lui-même.

Il hurla ces dernières paroles et lorsqu'il eut terminé, le comte se mit à rire à gorge déployée.

– Magnifique! Comme les vieilles filles de Lindchester doivent se réjouir en pensant au feu et au soufre de l'enfer que vous promettez à un pécheur tel que moi! Maintenant, monsieur le vicaire, je vais être clair : je ne suis pas le moins du monde impressionné par vos rugissements, et comme nous allons passer à table, je vous suggère de retourner auprès de ceux qui apprécient votre éloquence.

Le comte prononça ces paroles d'un ton cinglant, mais sans élever la voix.

– Je ne partirai pas sans Mlle Stratton, mugit Prosper Witheridge.

Le comte fut sur le point de lui répondre, mais on entendit un bruit de pas dans le hall, et Kitty et

Caro apparurent derrière lui dans l'encadrement de la porte.

– Je croyais que nous devions nous retrouver au sal..., commença Kitty, (Puis elle aperçut Prosper Witheridge et s'exclama :) Oh! qui est-ce?

– Ce monsieur, répliqua le comte, est un messager du Seigneur venu pour nous dire que nous allons brûler dans les flammes de l'enfer. Je vous signale cependant qu'il n'a pas l'intention de nous offrir ne fût-ce qu'une goutte d'eau fraîche!

– De l'eau fraîche? s'écria Caro. Qui donc en voudrait! Je suis prête à mourir – vraiment à mourir – pour une coupe de champagne.

Elle passa son bras sous celui du comte comme pour l'inviter à aller lui en chercher.

Pandora jeta un regard vers Prosper Witheridge et faillit pouffer de rire. Sans doute était-il choqué par la tenue de Kitty et de Caro, ce qui n'avait rien de surprenant, car Pandora elle-même n'avait jamais vu de robes aussi décolletées et aussi révélatrices.

C'était un étalage de chair blanche ornée de colliers de pierres précieuses, et l'on distinguait nettement la courbe des seins entre les rubans des robes à taille haute, découvrant le sillon qui les séparait.

Le maquillage donnait à leurs visages l'aspect de masques de Pierrot et, sous les cils englués de mascara, leurs yeux soulignés de noir comme pour la scène paraissaient énormes.

Elles avaient des bijoux jusque dans les cheveux, et les bracelets qui scintillaient à leurs poignets rehaussaient encore la nudité de leurs bras.

Pandora était sûre que même aux yeux de son père, ces femmes auraient paru extravagantes. Quant à Prosper Witheridge, elles représentaient tout ce qu'il avait si violemment condamné, eu égard aux maisons de jeu et aux tentations qui guettaient leurs visiteurs.

– Nos invités vont arriver d'un moment à l'autre, fit Kitty. Demandez-lui de se joindre à nous. Il nous fera toujours rire à défaut d'autre chose!

Le comte enchaîna:

– Quelle bonne idée! Restez donc pour le dîner, Witheridge, et régalez-nous avec tout ce que vous savez sur Satan. Bien que nous soyons tous ici de fervents adeptes du démon, je suis certain que nous apprendrons encore une foule de choses.

Prosper Witheridge se leva d'un bond.

Il était devenu pâle de colère et de dégoût, car il se rendait compte que sa réponse ferait de lui immanquablement la risée de toute cette société.

– Je n'ai plus rien à dire, My Lord, dit-il. Je vais quitter cette maison et abandonner cette pauvre fille qui n'a aucune idée de l'abominable gouffre dans lequel elle va se jeter.

Il avança d'un pas et le comte s'écarta pour le laisser passer.

– Je ne vous retiens pas, monsieur Witheridge, déclara-t-il.

Prosper Witheridge se tourna vers Pandora.

– Vous regretterez cet instant, cria-t-il. Vous vous rappellerez tout le reste de votre vie que vous avez eu le choix entre le Dieu qui vous a créée, et la tentation du Diable!

Sa voix résonna dans la pièce. Puis, tel un croisé vaincu par des hordes de démons, il s'éloigna à grands pas.

Il traversa le hall, arracha son chapeau noir des mains du valet de pied qui le lui présentait, franchit le seuil de la porte et descendit jusqu'à sa voiture.

– Les cloches de l'enfer! s'écria Kitty. Si vous n'avez pas besoin d'un verre après cela – moi si!

– Il m'a donné la chair de poule, s'exclama Caro. J'ai l'impression d'avoir été maudite.

– Il nous a tous maudits, répondit le comte, et plus particulièrement Pandora.

Il la regarda d'un air interrogateur, mais Pandora poussa un soupir de réel soulagement.

– Il ne voudra certainement plus m'épouser maintenant.

– Il vous fera plutôt marquer au fer rouge et fouetter dans les rues de Lindchester comme une prostituée, répliqua le comte.

– Est-ce qu'ils faisaient vraiment de telles choses au bon vieux temps? demanda Kitty.

– Cela arrive encore aujourd'hui, fit le comte. Prends garde.

– Tu essaies de me faire peur, protesta Kitty. De toute façon, à part mes pantalons et toi-même, je suis presque respectable.

– « Presque », voilà le mot important, reprit le comte. Mais Caro a raison, nous avons tous besoin d'un verre. Ces drames avant le dîner sont extrêmement épuisants.

Il se rendit au salon et Pandora le suivit.

Elle était bouleversée par ce qui s'était passé. La fureur, le mépris contenus dans la voix de Prosper Witheridge l'avaient ébranlée même si de se savoir débarrassée de lui la soulageait d'un grand poids.

Il y avait aussi l'inquiétude à propos de ce que diraient son oncle et sa tante. Prosper Witheridge ne lui pardonnerait pas, et ne demanderait plus jamais sa main à l'évêque. Il était extrêmement ambitieux, et il y avait de grandes chances pour qu'il finisse lui-même évêque – mais certainement pas avec une femme dont la conduite scandaleuse serait connue de tout Lindchester!

« Je m'en moque! » pensa bravement Pandora.

A peine avaient-ils rejoint les autres dans le salon que sir Edward Trentham arriva avec ses invités.

En le voyant, Pandora se souvint qu'il avait acheté un domaine dans le comté juste avant son départ de Chart. Elle se rappela également que l'ancien propriétaire, un ami de son père, avait perdu toute sa fortune au jeu, et elle présuma que sir Edward avait été l'heureux gagnant.

A en juger par l'accueil que lui firent les actrices, il devait être non seulement riche, mais aussi généreux, et elles se jetèrent à son cou en l'embrassant.

C'était un homme d'environ quarante ans, habillé d'une façon quelque peu voyante, comme s'il cherchait à se rajeunir.

– Ravi de vous surprendre dans votre délicieuse retraite, Norvin, dit-il au comte. Je n'étais encore jamais venu ici. Quelle baraque! Qu'allez-vous bien pouvoir en faire?

– Me résigner, je suppose, répondit le comte en riant.

– C'est un drôle de fardeau, fit sir Edward. Je ne voudrais pas me risquer à la gagner au jeu.

– Malheureusement, c'est un héritage. Mais je vous assure que mon successeur ne trouvera que les murs.

Pandora eut l'impression de ne pas avoir bien compris. Que voulait-il dire? Pourquoi parlait-il ainsi de cette merveilleuse demeure qui était à elle seule une page d'histoire?

Elle était sur le point de lui demander une explication, quand sir Gilbert s'approcha d'elle.

– J'ai l'intention de veiller sur vous ce soir, petite Pandora, dit-il, et vous ne pouvez pas savoir à quel point cette perspective m'enchante.

En disant ces mots, il lui prit la main et la porta à

ses lèvres. Pandora sentit un frisson la traverser lorsque sa bouche effleura sa peau.

Elle éprouvait pour cet homme la même répulsion que pour Prosper Witheridge, et elle se demanda pourquoi elle avait la malchance d'attirer des hommes aussi horribles.

– Je pensais rester seul et délaissé ce soir, reprit sir Gilbert, mais je m'aperçois que je vais être grisé et charmé d'une façon qui m'excite déjà rien qu'en y pensant.

Son visage tout proche de celui de Pandora la fit brusquement reculer.

Elle espérait bien ne pas être assise à côté de lui pour le dîner. A sa grande déception elle se trouva à sa gauche, mais se sentit soulagée d'avoir le comte à sa droite.

Kitty, à la droite du comte, accaparait son attention en le faisant rire et en chuchotant sans cesse à son oreille. Pandora se dit qu'une telle conduite n'aurait jamais été acceptée à la table de sa mère.

Il lui fallut donc, bon gré mal gré, converser avec sir Gilbert, mais finalement ce fut lui qui alimenta la conversation.

– Vous êtes très jolie! déclara-t-il à la jeune fille. Vos yeux forment un contraste avec vos cheveux, et ils sont vraiment violets à la lueur des bougies!

Il marqua une pause et ajouta d'un air plein de sous-entendus :

– Saurai-je les faire briller du feu du désir?

– Ce genre de phrase me semble tiré d'un roman que vous ne trouverez sûrement pas dans la bibliothèque de cette maison, répliqua froidement Pandora.

– Cherchez-vous à me provoquer ou êtes-vous réellement méchante? s'enquit sir Gilbert.

– Il y a simplement que de tels propos me mettent mal à l'aise, répondit Pandora.

Elle n'avait pas peur de lui, mais elle le trouvait terriblement ennuyeux.

Elle préférait de beaucoup regarder autour d'elle. C'était merveilleux d'être de retour dans cette immense salle à manger où son grand-père et sa grand-mère recevaient lorsqu'elle était petite.

Après la mort de l'oncle George à Waterloo, les réceptions étaient devenues rares et après celle de sa grand-mère, son grand-père s'asseyait seul à l'extrémité de la grande table à la place du comte actuel.

Le vieux Burrows y déposait l'argenterie de famille qu'il fourbissait de ses vieilles mains pleines de rhumatismes, mais il n'y avait plus d'invités et seules les armoiries brodées sur des chaises vides s'y reflétaient.

– Combien d'hommes vous ont-ils fait la cour? murmura sir Gilbert à l'oreille de Pandora.

– Personne ne m'a jamais fait la cour, rétorqua-t-elle avec fermeté. Et j'aimerais mieux que nous parlions de chevaux. En avez-vous beaucoup, sir Gilbert?

– Pour le moment, je suis particulièrement intéressé par une ravissante petite pouliche qui n'a pas encore été dressée. Puis-je suggérer que c'est une chose que je ferais avec le plus grand plaisir?

– Je ne comprends pas ce que vous voulez dire.

Heureusement, la conversation fut interrompue par l'arrivée des valets de pied. Ils servirent des plats que Pandora trouva non seulement délicieux, mais différents de tout ce qu'elle avait mangé auparavant.

Sa mère lui avait appris à faire la cuisine. Pandora essaya de deviner les ingrédients entrant dans la sauce qui accompagnait le tendron de veau. Elle aurait aimé rencontrer le chef avant de quitter Chart Hall pour en obtenir quelques recettes.

Il n'y avait aucun espoir d'améliorer la nourriture lourde et indigeste que sa tante faisait préparer au palais. Mais peut-être un jour aurait-elle à exercer ses talents pour quelqu'un qui penserait, comme son père, que la bonne cuisine est un art.

– Je voulais dire, reprit sir Gilbert d'une voix ronronnante qui déplut souverainement à la jeune fille, combien je désire vous embrasser et vous apprendre tout de l'amour, ma petite pouliche sauvage.

« Il commence vraiment à devenir assommant, se dit Pandora, et en plus il a trop bu. »

Le dîner touchait à sa fin, et elle s'aperçut en regardant autour d'elle que la majorité des hommes étaient « éméchés » comme aurait dit son père.

Leurs visages étaient rouges, et ils avaient dans les yeux une lueur trouble qui lui rappelait désagréablement le regard de Prosper Witheridge.

Ils avaient dénoué leurs cravates, et la plupart d'entre eux ôté leurs vestes. Pandora fut choquée par ce manque de tenue.

Les femmes aussi devenaient plus bruyantes, avec des voix suraiguës.

Pendant que le dessert circulait – d'énormes pêches et des grappes de raisin muscat qui lui rappelèrent son enfance – il lui sembla que le décolleté des actrices s'était encore accentué. Lorsqu'elles se penchaient pour s'interpeller par-dessus la table, Pandora rougissait à la vue de ce qu'elles montraient. Grâce au ciel, sa robe discrète à manches courtes ne pouvait offenser personne.

Dans le même temps elle pensa qu'elle devait paraître bien terne et sans attraits.

« Un moineau de campagne, se dit-elle en souriant, perdu au milieu des colibris. »

En la voyant sourire, le comte se tourna vers elle

pour la première fois depuis le début du dîner, et demanda :

– Qu'est-ce qui vous amuse?

– Rien de particulier, mais je me faisais l'effet d'être un peu déplacée au milieu de ces dames éblouissantes.

– Vous l'avez voulu, fit-il rudement.

– Ne croyez pas que je me plaigne, répondit vivement Pandora. Vous avez été si gentil pour moi. Mais l'ambiance ici est tellement différente de celle du palais.

– Je l'espère bien! repartit le comte.

– Nous organisions des réceptions charmantes au presbytère quand nous y habitions, reprit Pandora. Papa savait faire rire les gens, et maman aimait recevoir quand elle en avait les moyens.

– Vous étiez vraiment très pauvres?

– Nous devions économiser chaque sou pour permettre à papa et maman d'avoir des chevaux.

Au souvenir de ces chevaux, de la mort de ses parents, une ombre passa dans les yeux de la jeune fille.

Elle s'aperçut que le comte l'observait avec attention.

– Ai-je beaucoup de parents dans votre genre? demanda-t-il.

– La plupart d'entre eux sont vieux et assez collet monté, reconnut Pandora, et je n'en ai revu aucun après la décision prise par grand-papa de ne plus inviter personne.

– Quand était-ce exactement?

– Après Waterloo, quand oncle George a été tué.

– Une heureuse circonstance en ce qui me concerne!

– Je ne peux imaginer pour quiconque un plus grand bonheur que celui d'hériter de cette maison et de prendre conscience que l'on est le chef d'une lignée qui existe depuis des générations, expliqua calmement Pandora.

– Et naturellement vous attendez de moi que je devienne ce chef responsable, et que j'apporte un fleuron de plus à notre vénérable famille, déclara-t-il sur un ton incontestablement railleur.

– Comment pourriez-vous faire autrement avec la chance que vous avez eue ?

Il la regarda d'un air réellement surpris, mais au même moment Hettie poussa un cri perçant de l'autre côté de la table.

L'homme assis à sa gauche venait, soit par inadvertance, soit parce qu'il était ivre, de renverser un verre de vin dans son décolleté.

– Espèce d'imbécile, s'écria-t-elle furieuse, et saisissant l'assiette à dessert en porcelaine qui se trouvait devant elle, elle la brisa sur la tête du maladroit.

Ce fut un éclat de rire général autour de la table, et l'on entendit crier :

– C'est bien fait ! Cela lui apprendra à mieux se tenir, Hettie.

Pandora en eut le souffle coupé.

– C'était le Sèvres rose, murmura-t-elle. Maman demandait toujours aux domestiques d'y faire particulièrement attention.

Bien qu'elle eût parlé à voix basse, le comte l'avait entendue. Il se pencha vers elle en disant :

– Allez vous coucher, Pandora. Ce n'est pas la peine de dire bonsoir, sortez sans vous faire remarquer.

Elle le regarda en ouvrant de grands yeux, prête à protester, mais il avait prononcé ces paroles avec une autorité qui l'impressionna.

– Bonsoir, cousin Norvin, fit-elle posément, et merci pour votre hospitalité.

3

– Je ne suis pas... fatiguée! Je ne veux pas... aller me... coucher, glapissait Kitty, cramponnée à la rampe au bas des marches, mais le comte desserra ses doigts et moitié tirant, moitié poussant entreprit de la hisser jusqu'à sa chambre.

Comme les autres invités, Kitty était complètement saoule.

Sir Edward et ses amis venaient de prendre congé au milieu des cris, des vociférations et des hoquets dont les échos dans le hall de marbre avaient fait frémir jusqu'aux drapeaux des anciennes batailles.

A présent, les hôtes du comte essayaient péniblement de monter le grand escalier, et les domestiques, épuisés, se hâtaient de verrouiller la porte d'entrée, pressés d'aller retrouver leurs propres logements.

Les hommes étaient un peu plus lucides que les femmes. Caro était ivre morte, et Richard la portait en vacillant.

Hettie en était au stade bruyant et protestait comme Kitty, parce qu'elle ne voulait pas aller se coucher et désirait boire encore.

Le comte avait réussi à traîner Kitty sur le palier, mais soudain, elle tenta de lui échapper, et comme il ne la tenait pas fermement, elle s'écroula contre un meuble ancien, entraînant dans sa chute un vase de fleurs.

– Je veux... danser, dit-elle. Allons... danser.

– Tu ferais mieux d'aller au lit, conseilla le comte.

– Je ne veux pas! Je ne veux pas! cria-t-elle d'un air de défi, puis elle tituba dangereusement et il fut forcé de la rattraper entre ses bras.

– Je vais vous donner un coup de main, M'Lord, fit une voix, et Mme Jenkins passa son bras autour de la taille de Kitty.

Ils la portèrent jusqu'à la magnifique chambre qui avait toujours été celle des comtesses de Chartwood.

En l'asseyant sur le lit, le comte s'aperçut que Kitty était inerte. Ses yeux étaient clos, et elle n'avait plus aucune réaction.

– Complètement partie! remarqua Mme Jenkins. Je vais la mettre au lit, Votre Seigneurie.

La femme de chambre avait du mal à articuler, et le comte lui lança un regard sévère. Son visage était écarlate et sa chevelure en désordre : sans aucun doute, elle était ivre, elle aussi.

Elle saisit les jambes de Kitty par les chevilles et les laissa tomber d'un geste méprisant.

– Vous n'entendrez plus parler d'elle jusqu'à demain matin, M'Lord, déclara-t-elle sur un ton insolent. Votre Seigneurie peut dormir seule cette nuit.

Le comte fronça les sourcils, mais ne répondit pas.

Après un moment, Mme Jenkins ajouta :

– Tout le monde a son compte, aujourd'hui. Un monsieur, sir Gilbert je-ne-sais-qui, m'a promis une guinée si je lui indiquais la chambre où dort votre cousine.

Le comte se raidit. Il faillit dire quelque chose, mais voyant l'état de Mme Jenkins il jugea que les reproches ne serviraient à rien et il quitta la pièce.

Il longea le corridor sur lequel donnait la chambre rose. C'est lui qui s'était occupé du logement de ses invités, mais il aurait ignoré où couchait Pandora si la jeune fille n'avait pas déclaré pendant le dîner :

– C'est si bon d'être de nouveau ici, et de dormir dans la chambre rose qui était la mienne quand je venais dans cette maison.

– Faisiez-vous de fréquents séjours à Chart Hall, quand vous habitiez le village? avait-il demandé.

– Seulement quand papa et maman partaient pour ce qu'ils appelaient « une seconde lune de miel ». Ils aimaient tellement être seuls, tous les deux! Mais ils ne pouvaient pas se le permettre très souvent.

Le comte avait été sur le point de lui demander d'autres détails sur sa vie, mais Kitty, jalouse de le voir parler à une autre femme, avait accaparé son attention.

Il arriva devant la chambre rose à l'extrémité du couloir, point de jonction du bâtiment principal et de l'aile ouest.

Un moment, il hésita devant la porte.

Tout était silencieux. Cependant un peu de lumière filtrait sous la porte, et il fut étonné de constater que Pandora était encore éveillée.

Tout doucement il tourna la poignée qui céda, ouvrit la porte et pénétra dans la pièce.

Deux bougies achevaient de se consumer sur la table de nuit. Le comte jeta un regard sous les rideaux de soie qui tombaient d'une corolle fixée au plafond. Il vit que Pandora s'était endormie.

Elle reposait sur les oreillers, ses cheveux blonds couvrant ses épaules, et dans sa main il y avait un livre ouvert.

Le comte s'approcha un peu plus près.

Il contempla son petit visage en forme de cœur, et ses longs cils sans fard pareils à des croissants de lune qui se détachaient sur la peau transparente.

La lueur des bougies rehaussait encore l'or de sa chevelure qui n'avait rien de commun avec l'éclat artificiel de celle d'Hettie. Elle évoquait plutôt la transparence de l'aurore quand le soleil point à l'est.

Comme si l'attention dont elle était l'objet l'avait arrachée à ses rêves pour la forcer à s'éveiller, Pandora ouvrit les yeux.

Pendant un instant, elle le regarda étonnée dans un demi-sommeil, puis elle poussa une petite exclamation et se dressa dans son lit :

– Je me suis endormie sans éteindre les... bougies, fit-elle horrifiée. Maman insistait pourtant toujours pour que je ne les oublie pas. Elle avait peur que je mette le feu à la maison. Oh... je suis désolée.

Sa voix empreinte de remords fit sourire le comte.

– Vous étiez très fatiguée. Rien n'est plus épuisant que d'être inquiet ou effrayé.

– J'ai honte d'avoir eu peur de Prosper Witheridge.

« Quelle innocence! », pensa le comte. Pour être son cousin, il n'en était pas moins homme, et seul avec elle dans sa chambre.

Pandora portait une chemise de nuit de linon fermée au cou par un petit col galonné, et de longues manches ornées d'un ruché de dentelles couvraient ses poignets.

Elle paraissait jeune et innocente. Au bout d'un instant, le comte déclara :

– J'ai vu de la lumière sous votre porte et j'ai pensé que vous ne dormiez pas encore.

Pandora montra le livre posé sur le drap.

– J'ai pris ce livre dans la bibliothèque en montant. J'avais tellement envie de le relire. C'est un de mes préférés.

– Qu'est-ce que c'est?

– *Le Paradis retrouvé.* Ne trouvez-vous pas que Milton a une façon extraordinaire de décrire ce qu'il imagine?

– Il y a longtemps que je n'ai pas lu Milton. Je me souviens surtout du *Paradis perdu.*

– Je déteste ce livre! Il est si déprimant, si effrayant. En fait, il me rappelle Prosper Witheridge.

– Vous n'entendrez certainement plus parler de lui.

– Il va dire du mal de moi à mon oncle avec encore plus de méchanceté qu'il ne l'a fait tout à l'heure.

– Oubliez-le pour ce soir, fit le comte. Et puisque vous aimez tant *Le Paradis retrouvé,* laissez-moi vous en faire cadeau.

Il lut la joie dans les yeux de Pandora. Mais au lieu de le remercier, elle déclara d'une voix hésitante :

– C'est très gentil à vous, mais il fait partie d'une collection...

– Quelle importance? Ni moi, ni mes amis ne l'apprécieraient autant que vous.

Ses lèvres prirent un pli sarcastique en pensant à Kitty qui gisait inconsciente sur son lit. Elle savait à peine écrire et il lui était difficile de lire autre chose que des chiffres sur un chèque.

– Si les livres prêtés ne sont pas rendus ou s'ils se perdent, reprit Pandora, vous priverez votre fils, et naturellement vos petits-fils et leurs enfants d'une partie de leur héritage.

– Mon fils? répéta le comte surpris.

– Grand-papa m'a expliqué quand j'étais petite fille, que les comtes de Chartwood ne possèdent pas réellement ce qui se trouve dans la maison. Ils sont seulement les gardiens de tous ces merveilleux trésors qui doivent revenir à ceux qui leur succéderont.

Elle regarda anxieusement le comte avant d'ajouter :

– Vous m'avez peut-être trouvée mal élevée pendant le dîner, mais cette assiette cassée m'a bouleversée. Le service rose avait été offert par Mme de Pompadour à un de nos ancêtres qui s'intéressait beaucoup à la manufacture de Sèvres.

Elle lança au comte un regard inquiet car elle avait peur qu'il se mît en colère. Puis elle continua :

– Maman trouvait ces assiettes si belles qu'on ne s'en servait que dans les très... très grandes... occasions.

– En ce qui me concerne, la soirée d'hier était une très grande occasion, répliqua le comte.

Pandora avait l'impression qu'il lui donnait la réplique pour le seul plaisir de discuter avec elle.

– Vous vous êtes amusé? demanda-t-elle sans ironie.

– Beaucoup, fit-il d'un air de défi.

– Qu'avez-vous... fait... après mon départ?

Elle avait posé cette question sur un ton qui pouvait laisser croire qu'elle regrettait d'avoir manqué quelque chose.

Le comte hésita et allait lui répondre quand la porte de la chambre s'ouvrit et sir Gilbert Longridge entra.

Il avait changé son habit pour une longue robe de brocart rouge dans l'échancrure de laquelle on apercevait la dentelle blanche de son vêtement de nuit.

A la vue du comte, il s'arrêta sur le seuil et Pandora le regarda avec étonnement.

Le comte, assis au pied du lit, se leva.

– Je crains que vous ne vous soyez perdu, Gilbert,

fit-il avec cordialité. Rien de plus facile dans cette grande maison.

– Je ne m'attendais pas à vous trouver ici, Norvin, répondit sir Gilbert.

– Je venais dire bonsoir à ma cousine. Comme vous le savez, elle est montée se coucher très tôt : mais malheureusement elle s'est endormie sans éteindre les bougies.

Manifestement, sir Gilbert n'écoutait pas ce que disait son interlocuteur, mais il le fixait d'un air mauvais.

Le comte marcha dans sa direction et lorsqu'il fut près de lui, sir Gilbert déclara :

– Vous avez Kitty. Je ne vois pas pourquoi je devrais m'en aller!

– Je verrai ce que je peux faire pour vous demain, mais maintenant Pandora a envie de dormir et moi aussi.

Sa voix était aussi autoritaire que lorsqu'il avait envoyé Pandora dans sa chambre après le dîner.

Pendant un moment sir Gilbert ne bougea pas. Puis, en jurant à mi-voix, il tourna les talons et sortit de la pièce.

Le comte regarda Pandora : elle était pâle et ses yeux paraissaient immenses dans son petit visage.

– Je vais dans ma chambre, lui dit-il, et dès que je serai parti, vous fermerez votre porte à clé. Vous m'avez compris? Vous vous lèverez et vous irez fermer votre porte. Et vous ne l'ouvrirez pas jusqu'à ce que l'on vous réveille demain matin.

Sur le moment, elle ne saisit pas ce qu'il voulait dire. Puis elle reprit ses couleurs.

– Vous pensez... que sir Gilbert... pourrait revenir? demanda-t-elle dans un souffle.

– Les gens s'égarent facilement dans ces longs corridors, répondit le comte évasivement.

Au moment de sortir, il répéta :

– Fermez la porte, Pandora, et ne l'ouvrez plus avant demain matin. C'est clair?

– Oui, cousin Norvin, et je suis... désolée d'avoir laissé brûler... les bougies.

– Je vous pardonne pour cette fois. Dormez bien, Pandora.

Après son départ, la jeune fille, obéissante, sortit de son lit et traversa la chambre. En tournant la clé dans la serrure, elle songea avec un frisson combien elle eût été effrayée si le comte n'avait pas été là quand sir Gilbert était entré.

Et s'il avait essayé de l'embrasser? Elle en était d'ailleurs persuadée, après ce qu'il lui avait dit pendant le dîner. Prise de panique, elle se serait mise à crier, et probablement personne ne l'aurait entendue.

« Ce doit être maman qui a envoyé mon cousin pour voir si tout allait bien, se dit-elle. Je tremble à l'idée que j'aurais pu mettre le feu à la maison, et encore plus en pensant à ce qui se serait passé si par hasard sir Gilbert m'avait trouvée seule. »

Pandora retourna dans son lit, mais elle eut de la peine à se rendormir.

Elle songea aux événements de la soirée, inquiète de savoir si d'autres dégâts avaient été commis après son départ.

Elle se demandait s'il serait possible de persuader le maître d'hôtel de ranger le service de Sèvres et de le remplacer par celui que l'on utilisait du temps de son grand-père. Il était très joli, mais n'avait pas autant de valeur.

Puis elle jugea qu'elle n'avait pas le droit d'agir ainsi, et qu'il serait extrêmement présomptueux de sa part de se mêler de la conduite de la maison. Elle n'était rien ici, et elle se devait d'être reconnaissante envers son cousin pour la gentillesse qu'il lui témoignait.

Elle se pelotonna sous les couvertures.
« Je suis sûre qu'il n'est pas aussi mauvais qu'il veut bien le dire », pensa-t-elle.

Elle avait le sentiment qu'il cachait quelque chose sous ses dehors dépravés. Mais quoi? Quelle raison le poussait à prendre cette attitude?

Une phrase de Milton revint à son esprit.

Les hommes les plus sages sont sortis du droit chemin et ont été trompés par de mauvaises femmes.

Qu'avait-il bien pu se passer? s'interrogea-t-elle.

Mais elle s'endormit avant d'avoir trouvé la réponse.

Un coup frappé à la porte fit sursauter Pandora. Le soleil éclairait les rideaux. C'était le matin.

Elle sauta du lit pour aller ouvrir la porte et trouva Mary avec le plateau du petit déjeuner.

– Le petit déjeuner au lit? s'exclama la jeune fille. Quelle chance! Il y a longtemps que je n'ai pas eu ce plaisir.

Sans attendre la réponse de Mary elle courut se recoucher. Elle tapota les oreillers derrière son dos et tira les draps pour que Mary pût poser le plateau devant elle.

Pandora le contempla avec ravissement. Non seulement il y avait un plat d'argent avec un couvercle, mais aussi des toasts, du beurre doré, du miel et une énorme pêche.

Tout ceci lui rappela une période de sa vie, avant la mort de sa mère, où elle avait dû s'aliter avec une grosse laryngite.

Le docteur avait recommandé de la garder couchée bien au chaud. Sa mère lui apportait toutes sortes de choses si délicieuses qu'elle attendait avec une grande impatience le moment des repas.

Elle était sur le point de raconter ce souvenir à

Mary quand elle aperçut les yeux rouges et gonflés de la jeune servante.

– Que s'est-il passé?

– J' peux pas vous parler de choses pareilles!

– Quelles choses?

Mary tortillait le coin de son tablier, ses yeux étaient pleins de larmes.

De toute évidence, elle se demandait ce qu'elle devait faire, puis brusquement elle éclata en sanglots.

– Elle est cruelle – et sans pitié, mademoiselle Pandora – Voilà c' qu'elle est – C'est une méchante! J'aurais jamais cru qu'on puisse être aussi méchant!

Pandora repoussa le plateau du petit déjeuner.

– Il faut me dire ce qui s'est passé, Mary. Tu sais bien que je ferai tout ce que je peux pour t'aider.

– C'est cette Mme Jenkins, mademoiselle. C'est une mauvaise femme. Vraiment mauvaise!

– Qu'a-t-elle fait? demanda Pandora.

Mary lorgna vers la porte restée entrouverte. Elle courut la fermer sur la pointe des pieds et, les joues inondées de pleurs, revint à côté du lit.

– J'oserais pas dire à ma mère c' qu'elle m'a dit ce matin, commença Mary d'une voix entrecoupée de sanglots.

– Mais il faut me le dire, insista Pandora.

– Bien, mademoiselle. J' suis arrivée il y a deux jours pour aider dans la maison, et comme vous pensez, on était content d'avoir d' l'argent. Le père a été renvoyé par le nouveau régisseur de Sa Seigneurie.

– Renvoyé? Mais ton père s'est toujours occupé des jardins ici?

– L' nouveau régisseur, M. Anstey qu'il s'appelle, a amené un tas d'amis à lui, et il les a installés dans les chaumières de la propriété.

– Comment cela... dans quelles chaumières?

– Celles des vieux; il les a tous mis dehors, y compris ma grand-mère.

– Mme Clay! Tu veux dire que Mme Clay a été mise dehors?

– Oui, mademoiselle, et elle n'a plus qu'à aller à l'hospice, si mon père trouve pas du travail tout de suite.

– C'est honteux! s'écria Pandora. Mme Clay et ton grand-père ont travaillé toute leur vie ici.

– Je sais, mademoiselle, mais ça compte pour rien, à présent.

– Eh bien, cela devrait, répondit fermement Pandora. Maintenant raconte-moi ce qui t'a bouleversée, Mary.

– J'peux pas en parler à une dame comme vous.

– Je veux le savoir.

– La nuit dernière, après c' que j'avais entendu dire par les autres domestiques, j'ai fermé ma porte à clé en allant me coucher.

– Tu as bien fait, approuva Pandora en se rappelant l'intrusion de sir Gilbert dans sa chambre.

– C'était très tard et j' dormais depuis longtemps quand Mme Jenkins est venue frapper.

» – Tu es là, Mary, qu'elle a dit, et j'ai bien compris à sa voix qu'elle était complètement saoule!

» J'ai pas répondu parc' que j'avais peur de c' qu'elle allait me demander.

– Que veux-tu dire par là? questionna Pandora.

– Mary tortilla encore plus nerveusement son tablier, puis elle répondit :

– J'étais pas bien sûre, mademoiselle, mais c' que j'avais cru deviner était bien vrai.

– Je n'y comprends rien, déclara Pandora.

– Ce matin, mademoiselle, quand Mme Jenkins

est descendue, elle m'a envoyée chercher et m'a dit qu'un des messieurs aurait voulu que j'aille dans sa chambre la nuit dernière.

» – J'suis une honnête fille, M'dame, j'ai dit.

» Ça l'a mise en colère que je lui parle de cette façon et elle m'a dit que je devais lui obéir, ou bien que j'avais plus qu'à faire mes paquets.

Un flot de sang empourpra le visage de Mary, et elle reprit en bégayant :

– « Si tu pars, a continué Mme Jenkins, toi et ta famille pouvez débarrasser la chaumière. On y mettra quelqu'un qui fera ce que je voudrai, mets-toi bien ça dans la tête. »

Pandora en avait le souffle coupé. Mary ajouta pitoyablement :

– Qu'est-ce qu'il faut faire, mademoiselle? Si on nous chasse, où voulez-vous qu'on aille?

Pandora garda le silence, mais dans le même temps elle sentit monter en elle une colère terrible.

Maintenant elle comprenait pourquoi, lors de sa dernière visite à Chart, les villageois avaient paru si effrayés et n'avaient pas osé lui parler. Elle comprenait aussi la signification de certaines paroles de Prosper Witheridge sur ce qui se passait à Chart Hall.

Elle rejeta les draps, et sortit de son lit.

– Ecoute-moi, Mary, fit-elle. Ne dis rien à Mme Jenkins jusqu'à ce que j'aie parlé à Sa Seigneurie. Je ne peux pas croire qu'il soit au courant de toutes ces horreurs.

– Il s'en fiche, mademoiselle. Il a renvoyé M. Farrow. Il a dit comme ça qu'il était trop vieux et il a mis M. Anstey à sa place.

– Qu'est devenu M. Farrow? demanda Pandora en ôtant sa chemise de nuit.

– J' pense qu'il avait bien l'intention d' s'en aller, mais il espérait que son fils le remplacerait.

– Naturellement... Michael Farrow! s'exclama Pandora.

– Il est gentil, lui. C'est pas lui qui ferait des ennuis aux gens. Pas comme M. Anstey.

– Qu'a-t-il encore fait, celui-là? s'enquit la jeune fille d'une voix sévère.

– Il a augmenté les loyers, mademoiselle, et si quelqu'un paye avec seulement quelques jours de retard, il le chasse. (Elle jeta un œil vers la porte, puis murmura :) Il est marié, mademoiselle, mais il a un faible pour Mme Jenkins. C'est pour ça qu'il fait tout c' qu'elle veut.

Pandora ne répondit pas. Elle s'approcha de la table de toilette.

– Puisque vous êtes levée, mademoiselle, s'empressa Mary en revenant à sa tâche, j' vais vous chercher de l'eau chaude, à moins qu' vous préfériez un bain?

– Je n'ai pas le temps d'attendre l'eau chaude ni de prendre un bain.

Elle versa l'eau froide dans la cuvette et fit sa toilette malgré les protestations de Mary.

– Continue ton histoire, ordonna-t-elle. Je veux tout savoir.

– Bien, mademoiselle. Ma mère dit que depuis longtemps il se passe de drôles de choses en bas. M. Anstey a renvoyé M. Burrows, et le nouveau maître d'hôtel, M. Dalton, il boit le meilleur vin de Sa Seigneurie et il vit comme un seigneur quand il y a personne. Il se gêne pas, pour sûr! et ils disent... (Mary baissa encore la voix :) Ils disent qu'il a même vendu les plus belles tabatières, celles avec des diamants.

Une fois de plus, Pandora garda le silence. Elle

serrait les lèvres de peur de laisser échapper des paroles qu'elle pourrait regretter par la suite.

Elle s'habilla en silence, encourageant Mary à poursuivre son récit sur tout ce qui était arrivé dans la propriété.

Elle mit une jolie petite robe de coton et se coiffa rapidement. Puis elle s'adressa à Mary :

– Ne dis à personne que tu m'as parlé. Ne discute pas avec Mme Jenkins, obéis seulement à ses ordres jusqu'à ce que je t'envoie chercher. Tu me le promets ?

– Je vous le promets, mademoiselle Pandora, mais j' voudrais pas que vous ayez des ennuis à cause de moi.

– Oh ! un de plus ou un de moins ! répliqua Pandora en pensant à elle-même pour la première fois depuis le début de sa conversation avec la servante.

Elle comprit tout à coup que si ses révélations provoquaient la colère du comte, elle se trouverait dans la même position que Mary et ses parents. Cet entretien pouvait se terminer par une rupture, et si son oncle ne voulait pas lui pardonner sa fugue, que ferait-elle ?

Elle n'avait jamais réellement cru aux histoires de sa tante et des dames de Lindchester à propos de la conduite du comte.

« Mais maintenant, se dit-elle en dévalant le grand escalier, je suis prête à croire n'importe quoi. »

Il n'y avait aucune trace du maître d'hôtel, mais des valets de pied s'affairaient dans le hall.

– Sa Seigneurie est-elle descendue ? demanda-t-elle.

– Elle est dans la salle à manger, mademoiselle, répondit un des valets de pied.

– Qui est avec elle ?

– Deux des autres messieurs.

– Veuillez dire à Sa Seigneurie que je désire le voir.

Le valet de pied parut surpris par le ton de sa voix, mais il obéit et s'avança dans le couloir qui menait à la salle à manger.

Pandora se demandait ce qu'elle ferait si le comte refusait; mais quelques minutes plus tard il sortit de la pièce. Comme il s'approchait, elle constata qu'il était en costume de cheval.

– Vous êtes bien matinale... commença-t-il, puis il s'arrêta devant l'expression de son visage.

– Qu'y a-t-il?

– J'ai quelque chose de très important à vous dire. Pouvons-nous aller dans la bibliothèque? Je suppose que nous y serons tranquilles.

Elle avait prononcé ces mots sur un ton péremptoire et elle se dirigea vers la bibliothèque avant qu'il ait eu le temps de lui répondre.

Ils entrèrent dans l'immense pièce aux murs couverts de livres dont la plupart étaient très rares et formaient une collection unique accumulée depuis des siècles.

Le soleil entrait à flots par les grandes baies vitrées et posait sur les cheveux de Pandora un halo d'or. Mais ses yeux violets, pareils à ceux du comte, étaient sombres et emplis de colère.

– Qu'est-il arrivé? Pourquoi êtes-vous dans cet état? demanda-t-il.

– Savez-vous ce qui se passe dans cette maison?

Les lèvres du comte prirent un pli moqueur.

– J'en ai une vague idée.

Comme si elle lisait dans ses pensées, Pandora reprit :

– Je ne fais pas allusion à vos amis : leur conduite ne m'intéresse pas. Mais savez-vous que votre femme de chambre a ordonné à une jeune servante, une fille de seize ans, d'aller dans la chambre de sir Gilbert la nuit dernière?... sur la demande de sir Gilbert, bien sûr.

– De quoi parlez-vous?

– Je suis en train de vous dire que Mary Clay, dont je connais la famille depuis toujours, a été engagée il y a deux jours comme domestique. C'est une fille honnête et elle n'avait pas la moindre envie de venir travailler ici, mais ces gens ont besoin d'argent pour la bonne et simple raison que votre régisseur a renvoyé son père.

– Cela me paraît plutôt compliqué!

– C'est très compliqué, en effet! répondit sèchement Pandora, mais si vous avez l'obligeance de m'écouter, vous comprendrez.

Elle tremblait non de peur, mais de fureur contenue et le comte haussa les sourcils en s'asseyant dans un des fauteuils de cuir rouge.

– Allez-y, fit-il en croisant les jambes.

– C'est bien mon intention. La grand-mère de Mary a déjà été chassée de sa maison pour laisser la place à un des protégés de M. Anstey. Plus un sou n'entre dans cette famille, excepté l'argent gagné par la mère, et par Mary maintenant. Et il y a quatre autres enfants à nourrir!

Pandora reprit sa respiration avant de poursuivre :

– Votre femme de chambre a signifié à cette fille que si elle ne se rendait pas dans la chambre d'un certain monsieur qui la désire, toute la famille serait jetée à la rue – vous entendez – à la rue!

La voix de Pandora vibrait de colère et, au bout d'un moment, le comte demanda :

– Est-ce bien vrai?

– Mais naturellement que c'est vrai! Et si vos amis ne m'intéressent pas, par contre ces gens-là sont mes amis... Papa les aimait, il veillait sur eux, et ils venaient demander conseil à ma mère.

En parlant de sa mère, des larmes mouillèrent ses yeux, mais elle était toujours hors d'elle lorsqu'elle reprit :

– Mme Meadowfield, qui s'occupait des jeunes filles travaillant au château, a été mise à la porte, et cette horrible sorcière a pris sa place. Hier soir vous m'avez répondu que le départ de Burrows, l'ancien maître d'hôtel, n'était pas votre affaire.

Elle regarda le comte comme si elle s'attendait à un démenti de sa part, puis elle continua :

– Burrows protestait parce qu'il se sentait de la famille. Allez donc compter les tabatières et vous verrez combien il en manque ! L'argent est parti dans la poche de votre nouveau maître d'hôtel, tout comme les meilleurs vins de grand-papa sont allés dans son gosier !

Pandora marqua une pause avant de reprendre :

– Je ne croyais pas, je ne pouvais pas croire à tout ce que l'on racontait sur vous. Mais c'est la pure vérité ! Et tout cela se passe à Chart Hall qui fait partie de vous-même, que vous le vouliez ou non !

Sa voix se brisa lorsqu'elle demanda :

– Comment pouvez-vous agir ainsi ? Comment pouvez-vous être si cruel... si insensible. Comment pouvez-vous laisser tout détruire, quand ceux de votre lignée... sont morts... pour préserver ces richesses.

Les larmes coulaient sur les joues de Pandora. Elle n'y prenait pas garde, mais elle continuait à fixer le comte intensément, ses yeux pareils aux siens encore pleins de colère.

Pendant un moment il resta immobile sans prononcer un mot. Puis d'une voix aussi émue que celle de sa cousine, il dit :

– Vous avez été brutale, Pandora, et j'ai écouté vos accusations. Maintenant, voulez-vous entendre ma version personnelle?

Elle ne répondit pas et il poursuivit :

– Depuis que j'ai hérité, j'ai fait de mon mieux pour flétrir le nom de Chartwood, et j'ai l'intention de dilapider ou de vendre tout ce que contient cette maison. J'ai déjà commencé à le faire dans l'hôtel particulier de Londres.

– Mais pourquoi? Pourquoi? s'écria Pandora.

– Vous allez le savoir.

Il se leva, comme si le fait d'être debout rendait plus facile la confrontation, et il commença d'une voix dure :

– Vous n'ignorez pas que mon père était un cousin éloigné de votre grand-père. Dans sa jeunesse, il tomba amoureux d'une très belle femme. Elle fut bannie par tous les membres de la famille parce qu'ils la considéraient comme une « actrice ».

Pandora parut surprise, et le comte reprit :

– En réalité, c'était faux. Elle était très douée pour la musique, et comme ses parents n'avaient pas d'argent, elle se servit de l'unique talent qu'elle possédait pour gagner sa vie.

Il marqua une pause avant de continuer sur un ton plein de colère :

– Bien sûr, on la vit sur scène. Les gens payaient pour l'entendre, ce qui la perdit irrémédiablement aux yeux des mijaurées de la bonne société.

Le comte fit quelques pas dans la bibliothèque, puis revint et, comme Pandora gardait le silence, il poursuivit :

– Mon père, rejeté par sa famille, se fit des amis où il put. Ils n'étaient pas particulièrement estimables, mais au moins ils l'amusèrent tant qu'il eut de l'argent. Malheureusement, il n'en avait pas beaucoup.

La voix du comte devint amère et cynique.

– Puis ma mère mourut, et il tomba malade. Personne ne voulut de lui, et encore moins le comte de Chartwood qui, d'après vous, avait le devoir de protéger les faibles et les membres les plus déshérités de sa famille.

– Qu'est-il... arrivé?

– Mon père est mort, parce que je n'ai pas pu réunir assez d'argent pour payer l'opération qui lui aurait sauvé la vie.

– Aviez-vous demandé à grand-papa de vous aider?

– Bien sûr, je me suis adressé au tout-puissant comte de Chartwood – le chef de famille – le noble grand-père qui, comme Dieu le père, était censé prendre soin de nous tous, rétorqua violemment le comte. Cependant ni lui ni Dieu n'ont daigné jeter les yeux sur un damné!

Pandora eut un sursaut de protestation, mais garda le silence. Le comte poursuivit :

– Mon père est mort dans d'horribles souffrances, et sans un sou. Il était encore jeune, et l'opération n'était pas difficile, mais elle était indispensable pour qu'il pût continuer à vivre.

– Etes-vous sûr que grand-papa... ait refusé?

– Il m'a écrit une lettre des plus charmantes, répondit le comte sur un ton sarcastique. Il y joignait 10 livres et m'informait que je n'avais rien d'autre à attendre de lui.

Il se jeta dans un fauteuil comme si la violence de ses paroles l'avait épuisé.

– Je suis désolée, commença Pandora. (Puis elle poussa un petit cri :) Quand dites-vous que votre père est mort?

– En 1815.
– Après Waterloo?
– J'ai le souvenir que cet événement mémorable s'est passé la même année, ricana le comte.
– Je me rappelle... maintenant, je me rappelle exactement ce qui est arrivé, s'écria Pandora. Mais naturellement je ne pouvais savoir qu'il s'agissait de votre père.
– De quoi parlez-vous?
– Je revenais d'une promenade à cheval. Maman était en grande conversation avec papa. Elle paraissait bouleversée.
» – Que se passe-t-il, maman? demandai-je.
» – Cela ne te concerne pas, ma chérie, répondit-elle, mais ton grand-père était dans un de ses mauvais jours cet après-midi. Ce n'est plus le même homme depuis que ce pauvre George a été tué.
» – Je sais, répondis-je.
» Maman regarda mon père. « Charles, fit-elle, j'ai fait une chose terrible.
» – Qu'avez-vous fait? questionna-t-il.
» – J'ai volé cinq livres.
» – Volé? »
» Papa était très surpris.
» – Père a reçu une lettre d'un de ses cousins Chartwood, expliqua maman. Il lui apprend que son père est dans un état désespéré et qui nécessite une opération immédiate.
» Maman marqua une pause comme si le souvenir de cette lettre lui faisait de la peine. Papa déclara tendrement :
» – Voyons, chérie, vous n'y êtes pour rien.
» – Mais il n'y a plus personne maintenant, fit maman, et je savais qu'ils pensaient tous les deux à oncle George :
» – J'ai suggéré à père d'envoyer à ce cousin

l'argent dont il avait besoin, mais il n'a rien voulu savoir.

» – Donne-lui cinq livres et dis-lui d'aller au diable ! m'a-t-il répondu.

» Maman poussa un gémissement :

» – Il n'aurait jamais dit une chose pareille autrefois, et quand j'ai essayé de le convaincre, il ne m'a pas écoutée.

» – Mais que vient faire votre vol là-dedans ? demanda papa.

» Maman répondit :

» – Vous allez trouver que c'est bien mal de ma part, mais je l'ai pris dans la caisse du ménage ! Père me donne de l'argent pour payer les domestiques et les factures sans me poser trop de questions. Je suis sûre qu'il ne le remarquera pas.

» – Eh bien, vous avez envoyé dix livres à votre cousin ?

» – Et ce n'est pas assez, soupira maman. Oh ! Charles, j'aimerais tellement que nous soyons riches. Il y a tant de gens que je voudrais aider.

» – Vous en faites déjà plus qu'assez, répondit papa en l'embrassant.

» – Cela me tracasse – vraiment cela me tracasse, murmura-t-elle.

» – Dans ce cas, déclara papa, je vais essayer de faire quelque chose. Donnez-moi l'adresse de votre cousin et j'irai le voir.

» – Vous feriez cela, Charles ? Oh ! ce serait tellement gentil. Savoir qu'il souffre et que personne parmi nous ne lui porte secours m'est insupportable.

» – Apportez-moi cette adresse, répéta papa.

Pandora regarda le comte et vit qu'il l'écoutait avec attention.

– Si papa vous avait rencontré, reprit-elle, il aurait trouvé – j'en suis sûre – une solution pour aider votre père. Mais j'ai entendu maman lui dire le lendemain que grand-papa dans sa colère avait jeté la lettre au feu.

Elle s'arrêta.

– Je n'avais pas compris son attitude alors. Mais il a fait cela parce que oncle George avait été tué, et que votre père était l'héritier du titre.

Elle jeta un regard au comte et reprit :

– Maman était terriblement ennuyée, mais elle ne put retrouver votre adresse. Elle avait écrit de nombreuses lettres ce jour-là et, malgré tous ses efforts, elle fut incapable de se la rappeler exactement.

Le comte se taisait et Pandora continua :

– Ils firent même plus. Sachant que vous habitiez quelque part dans Islington, papa passa une journée entière dans les parages, mais personne n'avait entendu parler d'un propriétaire du nom de Chart.

– Ce n'est pas surprenant, car nous demeurions dans une misérable pension de famille.

Il se leva pour aller à l'une des fenêtres qui donnaient sur le jardin.

– J'ai détesté votre grand-père avec une telle violence que toute ma conception de la vie en a été empoisonnée, mais ce n'est qu'après la mort de mon père que j'ai compris qu'il était en fait l'héritier depuis trois mois...

– Et vous... avez compris... que vous l'étiez... à votre tour.

– Cela m'a permis d'emprunter de l'argent, répondit le comte avec une note de défi dans la voix. Pas beaucoup, car les prêteurs ne sont pas très généreux envers les héritiers présomptifs, mais suffisamment pour me donner un aperçu de l'existence qui m'attendait lorsque je deviendrais le cinquième comte et que j'hériterais non seulement d'une couronne, mais aussi d'une fortune!

Pandora garda le silence.

Sa colère s'était calmée. Elle se sentait apaisée, mais avait l'impression d'avoir perdu toutes ses forces.

– Je vous demande pardon... d'avoir été aussi... brutale, fit-elle au bout d'un moment. J'étais hors de moi et je reconnais que grand-papa a eu tort de se conduire ainsi, mais cela ne lui ressemblait pas.

– Je pense que nous pouvons dire qu'il me détestait autant que je le détestais moi-même, répliqua le comte.

– Il adorait ses fils, expliqua Pandora comme si elle n'avait pas entendu. Je suppose que tous les hommes désirent avoir un fils qui portera un jour leur nom. Je sais que papa, malgré son amour pour moi, aurait préféré un garçon, et il gardait toujours l'espoir d'avoir un fils. Mais les médecins disaient qu'il aurait fallu un miracle pour que ma mère eût un autre enfant.

Sa voix était un peu triste en prononçant ces paroles. Cependant elle reprit :

– Il faut que vous ayez beaucoup d'enfants. Quand j'étais petite, j'aurais trouvé cela si amusant de faire des glissades dans la grande galerie et de jouer à cache-cache dans l'orangerie avec d'autres enfants.

– J'ai décidé de ne pas perpétuer le nom des Chartwood, riposta le comte avec rudesse.

– Comment pouvez-vous être aussi ridicule? répliqua Pandora d'une voix redevenue sévère. Comme je vous l'ai dit l'autre soir, vous avez beaucoup de chance, mais au lieu d'être reconnaissant, vous laissez le passé fausser votre jugement et ruiner votre vie.

– Pensez-vous réellement qu'elle soit ruinée?

– Allons, vous ne continuerez pas éternellement à vous distraire avec vos...

Pandora s'arrêta pour ne pas devenir désagréable.

– Continuez. Je veux entendre ce que vous pensez de mes amis – les seuls amis que j'aie.

– Je me demande seulement combien de temps ils resteraient vos amis si vous n'aviez plus d'argent.

Le comte la regarda un instant d'un air étonné, puis il se mit à rire.

– Vous êtes d'une franchise absolue, ma sainte petite cousine. Laissez-moi à mes péchés – je préfère cette solution.

– Vous pouvez pécher autant que vous le voulez, répliqua Pandora, et je ne tenterai rien pour vous convertir. Mais vous ne pouvez pas laisser souiller une jeune fille comme Mary par cet... homme horrible... bestial... et qui est venu... dans ma chambre la nuit... dernière.

Elle frissonna.

– Après son départ et le vôtre, je vous ai été reconnaissante de votre protection...

Elle marqua une pause et sa voix s'adoucit lorsqu'elle reprit :

– Je me suis endormie en pensant que vous n'étiez pas... aussi mauvais que vous... le prétendiez – mais maintenant je n'en suis plus... si sûre.

– Permettez-moi de vous dire que non seulement je suis aussi mauvais que vous le pensez, mais encore bien plus perverti!

– Et alors, quelle satisfaction en retirez-vous? demanda Pandora. Quand vous n'aurez plus autour de vous que des gens misérables, pleurant et mourant de faim, qu'est-ce que cela prouvera? Que vous pouvez être cruel, dur, dépravé? Vous savez, il y a déjà eu d'autres hommes comme vous dans la famille.

Elle le fixa droit dans les yeux :

– Un Chart rejoignit les Têtes Rondes et trahit son frère royaliste en dévoilant l'endroit où il se cachait. Un autre perdit aux cartes tellement d'argent qu'il lui aurait fallu vendre les trésors de famille pour rembourser sa dette : il se tua.

Elle marqua une pause avant d'ajouter :

– Il plaçait les trésors de la famille au-dessus de sa vie. Je puis vous dire que si vous parcourez les livres d'histoire vous en trouverez encore au moins une douzaine. Je vous souhaite bien du plaisir en leur compagnie !

Sur ces mots, elle tourna les talons et se dirigea vers la porte.

– Où allez-vous ? questionna le comte.

– Je retourne à Lindchester et j'emmène la famille Clay avec moi. Je suis bien certaine que mon oncle ne me pardonnera pas et qu'il ne m'apportera aucune aide. Mais je suis prête à me traîner sur les genoux chez quiconque sera bon et charitable avec moi.

Elle ajouta d'une voix plus forte :

– Il doit bien y avoir quelque part un cœur généreux, même parmi ceux que vous traitez en ricanant de « sermonneurs ».

Elle avait la main sur la porte quand le comte ordonna :

– Venez ici, petite peste.

Elle n'obéit pas immédiatement, mais néanmoins demeura dans la pièce.

– Nous sommes vraiment cousins, ajouta-t-il. Aussi entêtés l'un que l'autre quand nous voulons quelque chose !

Pandora fit quelques pas vers lui :

– Vous sauverez Mary Clay ?

Le comte ne répondit pas tout de suite, puis il dit :

– Je suppose qu'il n'y a pas de raisons pour que les enfants soient punis pour les péchés du père.

– Que dites-vous? fit-elle. Expliquez-vous plus... simplement.

En voyant ses yeux implorants qui cherchaient les siens, il sourit :

– Savez-vous, demanda-t-il au bout d'un moment, où l'on peut trouver l'ancienne intendante – Quel était son nom, déjà – Mme Meadowfield, je crois? Savez-vous où elle habite?

– Oh! oui, répondit Pandora en retenant son souffle.

– Et Burrows, le vieux maître d'hôtel? Il était encore ici quand j'ai repris le domaine.

– Il habite dans le village.

– Etes-vous prête à aller les chercher?

– Oh! cousin Norvin! Vous voulez dire que...

Les larmes envahirent à nouveau les yeux de Pandora, mais maintenant elles semblaient scintiller comme des étoiles.

– Vous vous souvenez du *Paradis retrouvé?*

– C'est exactement ce que vous êtes en train de faire, fit Pandora haletante. Et pour... M. Anstey?

– Quoi, M. Anstey? demanda le comte d'une voix irritée.

– M. Farrow, que tout le monde apprécie au château, était, je crois, très content de s'en aller, mais son fils Michael connaît bien la propriété. Il a travaillé avec lui toutes ces dernières années, et il saura remettre de l'ordre.

Elle reprit d'une voix suppliante :

– Vous n'aurez à vous occuper de rien. Vous n'aurez plus aucun souci, et les choses redeviendront comme elles étaient lorsque, enfant, je suis venue ici pour la première fois. Tout était si...

merveilleux. On aurait dit le palais d'un roi... dans un conte de fées.

– Très bien, fit le comte, puisque vous avez décidé de n'en faire qu'à votre tête. Dites à Farrow que je l'attends dans deux heures.

Il eut un petit rire cynique en ajoutant :

– Vous feriez mieux de vous dépêcher au cas où je changerais d'avis. De toute façon, il va y avoir un fameux remue-ménage et si vous ne voulez pas y être mêlée, je vous conseille de quitter la maison!

– Je ne peux pas le croire. C'est tellement extraordinaire! Oh! Cousin Norvin, je savais bien que vous n'étiez pas aussi méchant que vous le prétendiez.

– Vous voulez me blanchir, mais la peinture ne tiendra pas, répliqua le comte.

– Je vous offre une auréole, dit Pandora, ne la laissez pas tomber!

Elle courut à la porte, et avant de sortir, elle lança par-dessus son épaule :

– S'il vous plaît, comptez les tabatières. Elles ont beaucoup de valeur.

Elle entendit le rire du comte, alors qu'elle était déjà dans le corridor. La jeune fille se précipita dans sa chambre et sonna pour appeler Mary.

Quand la servante arriva, Pandora avait déjà son chapeau sur la tête et cherchait fébrilement ses gants dans le tiroir.

– Oui, mademoiselle? dit Mary à la porte.

– Tout va bien, Mary! Tout va très bien! cria Pandora. Mais ne dis rien à personne. Attends! Tout le monde va être heureux comme au temps de grand-papa.

– Ce n'est pas possible, mademoiselle.

Elle trouva enfin ses gants.

– Ne souffle pas un mot à ta mère de tout ceci,

dit-elle. Fais ton travail comme d'habitude jusqu'à mon retour.

Le visage de Mary rayonnait d'espoir lorsqu'elle passa devant elle.

Elle dévala le grand escalier et fut bien contente de ne pas trouver Dalton dans le hall. Elle dit à un valet de pied :

– Il me faut une voiture pour aller au village, et comme il fait très beau, je vais marcher un peu. Voulez-vous dire au cocher de me rattraper aussi vite que possible.

– Très bien, mademoiselle.

Pandora traversa le perron ensoleillé. Le comte lui avait conseillé de se dépêcher, et elle voulait s'éloigner le plus rapidement possible au cas où il donnerait des ordres contraires. Et puis elle n'avait aucune envie de rencontrer les invités.

Son cœur exultait. Elle était dans un tel état d'excitation qu'elle aurait voulu danser, mais elle s'efforça de marcher calmement vers le lac et vers le vieux pont de pierre.

Elle arriva dans le parc au milieu des daims tachetés qu'elle avait apprivoisés en leur donnant à manger puis s'enfonça dans l'ombre des vieux chênes.

Après avoir parcouru un bout de chemin, elle se retourna pour regarder derrière elle.

Le château resplendissait et semblait lui sourire par ses fenêtres éblouissantes sous le soleil.

Une pensée lui vint tout à coup : c'était Chart Hall qui avait gagné la bataille, pas elle! Il avait survécu à tant d'événements heureux ou malheureux depuis toutes ces années! Les guerres civiles et religieuses avaient fait rage autour de lui : il y avait eu des Chart prodigues, d'autres avares, mais le château lui-même avait survécu.

« Peut-être, pensa-t-elle, a-t-il un ascendant sur chacun d'entre nous. »

Un acte commis par son grand-père avait poussé le comte actuel à se venger avec violence, non sur l'homme qui était mort, mais sur cette maison qui était le cœur même de la famille.

« Chart Hall a prouvé qu'il était plus fort que lui », se dit Pandora.

Sans doute avait-elle précipité les choses en se mettant en colère, mais, tôt ou tard, le château lui aurait parlé, l'aurait séduit et protégé, comme aujourd'hui, contre lui-même.

– Tu fais partie de notre vie! s'écria-t-elle.

Puis elle aperçut la voiture qui avançait dans sa direction.

Elle se rendit d'abord chez Michael Farrow.

Son père avait une maison à proximité du village. Quand l'attelage s'arrêta devant la barrière trop étroite pour laisser passer les chevaux, Michael, qu'elle connaissait depuis toujours, bêchait le jardin.

Elle lui fit un signe de la main et, posant sa bêche, il vint à elle avec une expression de surprise sur son visage.

– Je me demandais qui cela pouvait bien être, mademoiselle Pandora, fit-il. Mais je suppose que c'est une voiture du château?

– Je suis venue vous voir ainsi que votre père, répondit Pandora.

– Père sera ravi. Il parle si souvent de votre mère. Il dit que c'était la plus belle personne qu'il ait jamais connue.

– C'est bien mon avis, répondit Pandora en souriant.

– Si vous le permettez, je vais aller me laver les mains. Nous ne pouvons plus nous permettre d'avoir quelqu'un pour nous aider à présent, aussi c'est moi qui m'occupe du jardin.

La jeune fille en déduisit que M. Farrow avait été renvoyé sans une pension suffisante. Cela n'avait plus d'importance maintenant, mais c'était une grave injustice, après ses nombreuses années de service dans le domaine.

M. Farrow, qui paraissait avoir beaucoup vieilli d'un seul coup, lisait son journal dans la salle de séjour. Il le posa sur la table et regarda Pandora d'un air étonné avant de se lever avec quelque difficulté.

– Restez assis, je vous en prie, lui dit Pandora.

– J'ai des ennuis avec mes jambes ces jours-ci, déclara M. Farrow. C'est le manque d'exercice, je pense. Je montais beaucoup à cheval au château, mais à présent, je suis tout juste bon à rester dans mon fauteuil.

Il essaya de rire, mais la tristesse se lisait sur son visage.

– Je suis contente de vous revoir, fit Pandora.

– Je regrette votre père et votre mère plus que je ne saurais le dire, répondit M. Farrow. Le village tout entier les regrette. Les choses ne sont plus ce qu'elles étaient.

– C'est précisément à cause de cela que je suis venue vous rendre visite.

M. Farrow lui jeta un regard interrogateur, et Michael Farrow entra à ce moment même.

Elle leur expliqua brièvement que le comte n'était pas satisfait de M. Anstey, et qu'il avait suggéré que Michael Farrow reprenne la direction du domaine. Elle était certaine que son père accepterait de l'aider jusqu'à ce qu'il fût capable de s'en occuper tout seul.

Pendant un moment les deux hommes la contemplèrent d'un air ahuri, comme si elle avait perdu l'esprit. Puis M. Farrow déclara tranquillement :

– Etes-vous en train de me dire que Sa Seigneurie a l'intention de se séparer définitivement de M. Anstey ?

– J'espère bien qu'il sera parti quand Michael arrivera au château, s'écria Pandora. Sa Seigneurie désire le rencontrer dans deux heures, mais il ne nous reste qu'une demi-heure.

Elle n'écouta pas leurs remerciements, et se hâta vers le cottage où elle était sûre de trouver Mme Meadowfield. Celle-ci vivait avec sa sœur, l'institutrice du village, actuellement à la retraite.

Mme Meadowfield avait des cheveux gris, mais elle était encore pleine d'allant et elle accueillit Pandora avec des transports de joie.

– C'est comme une bouffée d'air frais de vous revoir, mademoiselle Pandora, s'écria-t-elle. Je parlais justement de vos chers parents pas plus tard qu'hier. Il n'y a pas une personne au village qui ne verse une larme en se les rappelant.

– Madame Meadowfield, je suis venue vous demander si vous vouliez revenir immédiatement avec moi au château.

– Au château ? s'exclama Mme Meadowfield. Pour quoi faire ?

– Le personnel a besoin de vous, sérieusement besoin de vous, répliqua Pandora. Des tas de gens seront là pour vous expliquer ce qui s'est passé, aussi n'ai-je pas à le faire maintenant.

– Vous voulez dire que Sa Seigneurie veut que je reprenne mon ancienne place ? demanda Mme Meadowfield. Tout de même, mademoiselle Pandora, après la façon dont on m'a traitée...

Pandora posa sa main sur le bras de la vieille femme.

– Je vous en supplie, madame Meadowfield, coupa-t-elle, venez avec moi! Vous êtes la seule personne capable de remettre de l'ordre à Chart Hall, et cela doit être fait sans perdre une minute.

Mme Meadowfield, offensée dans sa dignité, s'apprêtait à exprimer sa réprobation, mais les mots moururent sur ses lèvres devant le visage de Pandora, et elle déclara :

– Vous êtes exactement comme votre mère, ma chère enfant, et je n'ai jamais su lui refuser quoi que ce soit.

Pandora lui laissa juste le temps de prendre son manteau et son chapeau.

– Je suis certaine que votre sœur préparera vos bagages. Nous les ferons prendre cet après-midi.

Le cottage de M. Burrows était tout à côté, non loin du presbytère. En passant devant l'église, et devant la maison où elle avait vécu si heureuse avec ses parents, elle se prit à penser que son père et sa mère l'avaient sûrement aidée à arranger les choses au château.

Ils auraient, sans aucun doute, été peinés d'apprendre que l'on traitait leurs amis du village d'une manière aussi injuste, et, chose plus grave encore, que des filles comme Mary risquaient d'être corrompues et dévoyées. Et si cela s'était produit, pensa Pandora, les accusations de Prosper Witheridge auraient été entièrement justifiées.

Sur le chemin du retour, en voyant Mme Meadowfield assise à côté d'elle en face du vieux Burrows, tous deux rendus muets par la surprise, elle comprit les problèmes que leur présence ne manquerait pas de soulever auprès des invités.

Mme Meadowfield serait profondément choquée par le comportement et le langage des actrices et le vieux Burrows ne pourrait retenir son indignation si l'on cassait les précieux plats de porcelaine ou si l'on cabossait l'argenterie.

préviens, elle est très jalouse, et elle ne parle pas, elle agit!

– Kitty n'a aucune raison d'être jalouse. Je ne suis que la parente pauvre, et personne ne se soucie de moi!

Les deux hommes se mirent à rire, et Hettie reprit :

– Enfin, vous ne direz pas que je ne vous ai pas avertie!

Le comte apparut, et en le voyant Pandora comprit qu'il venait de passer un très bon moment. Elle avait le sentiment qu'il aimait faire face aux difficultés lorsqu'elles se présentaient.

C'était une caractéristique de nombreux Chart, et depuis qu'il avait hérité, l'occasion ne s'était pas encore présentée pour lui de penser à autre chose qu'à s'amuser.

Sa mère lui avait souvent répété que les hommes donnaient le meilleur d'eux-mêmes lorsqu'ils avaient quelque chose à faire.

« Ils sont comme des enfants, disait-elle. Si un enfant demande : Que pourrais-je bien faire? on peut être sûr qu'il s'ennuie et que la sottise n'est pas loin! »

– Où étais-tu donc parti toute la matinée? demanda Freddie quand le comte les eut rejoints. Nous nous sentons beaucoup mieux, Clive et moi, après ce galop sur tes magnifiques chevaux. Mais apparemment, en ce qui te concerne, tu n'as pas quitté ton fauteuil.

– J'ai été très occupé par des affaires concernant le domaine et la maison, répondit le comte.

Il regarda Pandora en disant ces mots, et ses yeux étincelaient. Sans vraiment penser à ce qu'elle faisait, elle glissa sa main dans celle du jeune homme.

– C'était extraordinaire, fit-elle à voix basse.

Les doigts du comte emprisonnèrent les siens, et c'est seulement en voyant le regard soupçonneux de Hettie qu'elle se demanda si elle n'avait pas été un peu trop loin.

4

A la fin du déjeuner, le comte déclara en se levant :

– Je vais faire du cheval.

Il avait très peu mangé et Pandora était sûre qu'il pensait à autre chose. Prêtant une oreille distraite à ce que disait Hettie, il avait répondu à ses amis d'un air absent.

Pandora fut soulagée de voir que sir Gilbert n'était pas là. Bien qu'elle n'eût posé aucune question à son sujet, Richard lui avait donné le renseignement qu'elle désirait : sir Gilbert était allé rendre visite à sir Edward Trentham.

Clive et Richard regardaient maintenant le comte d'un air interrogateur comme s'ils s'attendaient à ce qu'il les invite à venir avec lui, mais avant qu'ils aient eu le temps de dire un mot, le comte demanda :

– Si vous n'êtes pas trop fatiguée, Pandora, j'aimerais que vous m'accompagniez. Je voudrais voir certaines choses et je crois que vous seule pouvez me les montrer.

– Naturellement, cousin Norvin.

Elle monta les escaliers quatre à quatre pour enfiler sa tenue de cheval. Elle l'avait emportée dans l'espoir secret de galoper une fois encore à travers ce domaine qu'elle aimait.

Elle n'ignorait pas que les hommes détestaient

attendre; elle revêtit donc en toute hâte le joli costume vert qu'elle portait depuis des années, mais qui lui allait toujours bien.

Malgré son ancienneté, il avait une excellente coupe. Ses parents étaient très économes en ce qui concernait la toilette, mais son père avait toujours insisté pour que sa femme et sa fille fussent convenablement habillées lorsqu'ils allaient à la chasse.

Elle posa sur ses cheveux roulés en un chignon bas le chapeau d'amazone à fond haut qu'elle mettait pour monter à cheval. Puis elle fixa sur ce dernier le voile de gaze assorti à son costume dont les pans flottaient derrière elle.

Elle descendit dans le hall où l'attendait le comte. Dehors elle aperçut deux magnifiques chevaux. Elle n'en avait jamais monté d'aussi racés, car son père ne pouvait se permettre d'avoir de telles bêtes.

Le comte l'aida à se mettre en selle, et lorsque ses mains entourèrent sa taille, elle réalisa à quel point il était fort.

Elle baissa son regard vers lui et leurs yeux se rencontrèrent. Brusquement elle oublia ce qu'elle était sur le point de dire : elle ne voyait que son sourire qui semblait effacer toutes les rides amères de son visage.

Avant de se détourner pour enfourcher sa propre monture, elle eut l'impression qu'il la contemplait pendant un très long moment, mais en réalité cela ne dura que quelques secondes.

Pandora supposa que c'était l'excitation de se retrouver en train de galoper à Chart, mais son cœur battait d'une étrange façon et elle avait de la peine à respirer.

Ils avaient atteint le pont lorsqu'elle réussit à dire enfin :

– Où désirez-vous aller?

– Je pense que vous pourriez me faire visiter la

partie du domaine que je ne connais pas encore, répondit le comte.

– Qu'avez-vous déjà vu?

– Oh, très peu de choses, admit-il. A Noël il faisait un temps épouvantable et nous avions trop bu. La dernière fois que je suis venu, j'ai passé mon temps avec une séduisante blonde qui n'entendait rien à l'équitation.

Pandora eut l'impression qu'il prononçait ces paroles à seule fin de la choquer.

C'est un véritable duel entre nous, pensa la jeune fille. Ils ne luttaient pas seulement avec des mots, mais comme des escrimeurs de force égale dont chaque geste est calculé.

– Bien, je vais vous montrer les fermes, fit-elle, et vous parler un peu de ces hommes qui travaillent pour vous. Vous avez la charge de deux mille acres. Le reste est loué à des fermiers qui sont avec nous depuis des années.

Pandora s'aperçut qu'en parlant ainsi elle s'identifiait à Chart, et silencieusement elle se demanda : Après tout, pourquoi pas? Elle en faisait partie, elle aussi, à cette différence que lui avait la puissance – et pour peu qu'il le souhaitât – la gloire.

Ils arrivèrent à la plus grosse ferme, louée à une famille qu'elle avait toujours connue. Les quatre fils faisaient le plus gros du travail, car leur père devenait vieux et, à cette heure-ci, ils étaient aux champs.

Le père était à nourrir des veaux qui venaient de naître, et la mère donnait du grain à un troupeau d'oies.

Ils accueillirent Pandora avec effusion, mais lorsqu'elle les présenta au comte, leur joie fit place à un silence glacial et ils le regardèrent avec appréhension.

– Si vous êtes venu pour nous mettre dehors,

M'Lord, dit le fermier, j' peux rien faire de plus. On nous a saignés à blanc ces dix derniers mois. J' serai obligé de vendre mon bétail pour vous payer, et tout le monde sait bien que pour un fermier c'est le commencement de la fin!

– Vous voulez parler du fermage? s'enquit le comte.

– Et de quoi d'autre? demanda le fermier sur un ton agressif.

– Combien payez-vous en plus depuis que j'ai repris le domaine?

Le fermier le fixa d'un air ébahi :

– On m'avait pourtant bien dit que les augmentations étaient faites par ordre de Sa Seigneurie.

– Eh bien, on vous a menti! trancha le comte.

– Dites à Sa Seigneurie combien vous devez payer maintenant, fit Pandora doucement.

– Plus du double, M'Lord, et on nous a avertis qu'il faudrait donner dix pour cent à Sa Seigneurie sur ce que nous vendons au marché.

Pandora en eut le souffle coupé.

La somme était exorbitante. Elle se demanda si le comte comprendrait qu'aucun fermier ne pouvait assumer honnêtement une telle charge.

Après un silence qui parut interminable à Pandora, le comte déclara :

– Il y a certainement eu une erreur. Vous me donnerez exactement ce que vous aviez l'habitude de payer dans le passé. Quant à ce que vous vendez, cela ne me concerne pas car c'est la juste récompense de votre travail.

Le visage du fermier prit une expression incrédule qui émut Pandora.

– C... C'est bien v... vrai, M'Lord? réussit à balbutier le vieil homme.

– Mon nouveau régisseur, M. Michael Farrow, vous expliquera, j'en suis sûr, que je n'ai donné aucune instruction à propos de ce qui s'est passé précédemment.

– Oh, j' peux pas y croire! dit lentement le fermier. Merci, M'Lord! Merci bien! Vous m'enlevez un drôle de fardeau, et la mère va enfin pouvoir dormir cette nuit.

Ils insistèrent pour que le comte et Pandora viennent à la ferme boire un verre de leur cidre et manger une tranche de jambon fumé.

Pandora se réjouissait de voir le comte tout à fait à son aise parmi ces gens simples.

A l'annonce de la bonne nouvelle, la fermière se mit à pleurer, mais elle sécha rapidement ses larmes et, quand ils partirent, son sourire et sa joie faisaient plaisir à voir.

– Dieu vous garde, mademoiselle Pandora, ajouta-t-elle en leur criant au revoir. C'est un beau jour pour nous et j' sais que votre père – Dieu le bénisse – se réjouirait de savoir que tout est redevenu comme avant, là-bas au château.

– J'en suis certaine, murmura doucement Pandora.

A la ferme voisine, la même scène se reproduisit.

Pandora avait l'impression que le comte était réellement content. Elle était assez perspicace pour comprendre qu'après des années de pauvreté, il lui était agréable de sentir sa puissance et de voir que les gens avaient confiance en lui.

C'est juste, pensa-t-elle, et comme ils repartaient, elle déclara :

– Maintenant je pense que vous comprenez l'importance du comte de Chartwood! Non seulement à Londres auprès du roi, mais ici où il règne en souverain.

– Je vais devenir prétentieux et plein de suffisance si vous me parlez de cette façon, répliqua le comte.

– Je ne dis que la vérité. Papa m'a expliqué une fois que Chart était un Etat dans l'Etat. Vous voyez, nous pouvons subvenir nous-mêmes à tous nos besoins. Il y a non seulement les fermiers, mais aussi des maçons, des bûcherons, des menuisiers, des serruriers, des forgerons, et naturellement tout le personnel de la maison.

– Je n'ai encore rien vu de tout cela, répondit le comte. Je suis bien certain que vous n'allez pas manquer de souligner ma négligence avec votre causticité habituelle!

– Je consens à l'accepter comme de l'ignorance, fit Pandora d'un air taquin.

– Bien, Mademoiselle je-sais-tout, voici votre heure de gloire. Je vous permets de faire la fière pour le moment, mais je me suis toujours considéré comme un organisateur efficace; aussi une fois que vous m'aurez mis au courant, je n'aurai plus besoin de vous!

Pandora savait qu'il plaisantait pour répondre à sa taquinerie, mais elle sentait qu'il y avait beaucoup de vrai dans ces paroles railleuses.

Ils n'avaient visité qu'une toute petite partie de la propriété, et déjà il avait compris le fonctionnement du grand domaine avec une intelligence et une lucidité qui la surprenaient.

Il avait posé des questions extrêmement pertinentes non seulement à elle, mais également aux fermiers et aux ouvriers.

Comme ils traversaient le village, il s'arrêta devant le presbytère et dit :

– Je souhaiterais que votre père fût encore là. Je suis sûr qu'il pourrait m'apprendre beaucoup de choses que j'aimerais connaître.

– Quelles sortes de choses? demanda Pandora avec curiosité.

– Des choses sur les gens, les hommes du village,

sur la vie qu'ils mènent après leur travail. Pensez-vous que cela paraîtrait étrange si j'allais prendre un verre à l'auberge?

Pandora sourit.

– Je crois que M. Tubb, le patron du *Chien et du Renard,* serait ravi de votre visite. Il est ici depuis vingt-cinq ans, et son père y était avant lui.

– Très bien, j'irai demain. Je suppose que vous ne pouvez pas entrer dans une taverne?

Pandora se mit à rire.

– Vous n'êtes pas à Londres ici, et je vous assure que *Le Chien et le Renard* est un endroit très respectable.

En voyant sa surprise, elle ajouta :

– Naturellement, on ne m'aurait pas permis d'entrer dans un cabaret ou dans ce qu'on appelle une *Public House* (1) à Lindchester. L'oncle Augustus en aurait eu une attaque!

Elle rit de nouveau et poursuivit :

– Mais Mme Tubb avait toujours un peu de jus de pomme pour moi quand j'étais petite, et M. Tubb ne servirait jamais un verre à quelqu'un qui a trop bu; de ce fait, l'ivrognerie est très, très rare dans le village.

– On ne peut pas en dire autant à Chart Hall, rétorqua sèchement le comte.

Pendant un moment elle resta silencieuse, puis elle reprit:

– Vous allez me trouver bien naïve, mais je ne peux pas arriver à comprendre pourquoi certaines personnes s'entêtent à boire plus que de raison, sachant pertinemment qu'elles seront malades le lendemain. Cela me paraît une telle perte de temps en regard de la vie qui est si courte...

(1) Les Public Houses, familièrement appelées « pubs » par les Anglais, sont des sortes de bars où l'on sert de l'alcool à des heures déterminées. Les femmes n'y étaient généralement pas admises à cette époque.

– Vous parlez comme une octogénaire. Vous avez encore de longues années devant vous, vous savez.

– Pas assez pour faire toutes les choses dont je rêve, répondit Pandora en poussant un petit soupir. Si j'avais la... possibilité...

– Que feriez-vous?

– Je lirais, tout d'abord, je voyagerais, et j'aimerais revoir Chart comme il était au temps de sa gloire.

– Il n'est pas assez glorieux pour vous à présent?

– Non, pas vraiment. Vous voyez, les gens qui travaillent dans la maison aiment que l'on apprécie ce qu'ils font. Les jardiniers jugent inutile de faire pousser de belles fleurs ou des fruits magnifiques s'il n'y a personne pour en profiter.

Elle jeta un rapide coup d'œil au comte et continua :

– Les chevaux s'engraissent dans les écuries et deviennent paresseux. Car à quoi bon entretenir leur forme, s'ils ne sont pas montés par quelqu'un capable d'apprécier réellement leur valeur.

– Etes-vous en train de suggérer que je devrais m'installer à Chart? demanda le comte.

– Pourquoi pas? Grand-papa dans sa jeunesse vivait à Chart pendant neuf mois de l'année. C'est magnifique en été, et l'on peut chasser à l'automne. Il disait toujours que, s'il n'y avait pas eu la guerre, il serait allé à Rome ou dans le Sud de la France au printemps.

Le comte ne dit rien et, après une pause, Pandora poursuivit :

– La maison de Londres n'était ouverte que pour la Saison. Mais il y eut une soirée merveilleuse dans la salle de bal quand maman fit ses débuts dans le monde. Elle m'en a parlé souvent.

– Et vous auriez souhaité la même chose pour vous?

– Puis-je vous dire comment j'ai passé mon dix-huitième anniversaire?

– Allez-y

– J'ai passé la matinée dans les hospices à distribuer des bulletins à de vieilles femmes que cela n'intéressait pas le moins du monde, mais qui étaient contentes de bavarder avec quelqu'un.

Le comte se força à rire et elle reprit :

– L'après-midi, ma tante a poussé une colère terrible à cause d'une nappe mal nettoyée à son gré. Elle me fit recommencer deux fois pour me punir. Et après que j'eus passé une heure à la repasser, elle la frotta exprès avec de la suie. (Pandora reprit sa respiration.) C'était autre chose que d'aller à un bal... à Chart House.

Sa voix se brisa sur ces derniers mots, et elle pressa son cheval afin que le comte ne vît pas les larmes qui emplissaient ses yeux.

Elle se dit un moment plus tard qu'elle n'aurait pas dû se plaindre à lui. Mais cela était dur parfois, surtout à Chart, d'oublier la misère et la triste vie qu'elle avait menée chez son oncle.

Après leur visite au moulin, le comte déclara, presque avec regret :

– Je pense que nous ferions bien de rentrer, maintenant.

Pandora avait oublié le temps et elle demanda :

– Quelle heure est-il?

– Presque 5 heures et quart.

– Si tard? s'écria-t-elle. Vous n'avez pas vu la moitié des choses que je voulais vous montrer.

– Nous avons encore demain.

– Oui, bien sûr, fit-elle d'un air soulagé.

Il lui restait encore deux jours avant le retour de son oncle et de sa tante.

– Jusqu'à ma conversation avec Michael Farrow, je n'avais aucune idée des gens que j'employais.

Il avait dit cela d'une voix calme et pensive. Au bout d'un moment, Pandora répondit :

– Je ne dirais pas que je m'en étais rendu compte...

– Mais vous le pensez! Vous estimez que je ne suis pas la personne qui convient ici, car je n'ai pas montré assez d'intérêt à toutes ces choses auparavant.

– Ce n'est pas ce que je voulais insinuer, protesta Pandora.

– Alors à quoi pensiez-vous?

– Vous désirez vraiment connaître la vérité?

– Oui.

– Je me disais que votre lutte contre Chart Hall était inutile. Un jour il vous prendra, il vous retiendra, il vous enchantera, non seulement parce que c'est un domaine magnifique, mais parce qu'il est aussi plein de ressources. Tant de choses restent à faire...

– Quelles choses?

– Il faut construire des maisons neuves, exploiter de nouvelles carrières, défricher. Papa disait toujours qu'après la mort d'oncle George, grand-papa avait laissé la propriété à l'abandon. En quatre ans, bien des choses peuvent être détruites.

– Je comprends votre point de vue, mais que me répondrez-vous si je vous avoue que je préfère ma vie dissolue, ma vie de débauché dans la gaieté de Londres?

Pandora ne se laissa pas abuser par son ton agressif et comprit qu'il continuait sa joute oratoire avec elle.

Elle le regarda et s'aperçut que non seulement il montait bien, mais que même il faisait corps avec son cheval.

– Il y a une parabole dans la Bible, répliqua-t-elle après un silence, à propos du fils prodigue.

– Il mangeait des épluchures et se couchait au milieu des porcs.

– Je pense que vous êtes particulièrement bien placé pour apprécier leur compagnie, rétorqua Pandora avec insolence.

– Si vous voulez parler de mes amis, je vais vous donner une fessée, et vous ne l'aurez pas volée.

Elle avait prévu sa réaction et, se détournant, éclata de rire par-dessus son épaule puis fouetta son cheval qui partit dans un galop effréné.

Le comte essaya vainement de la rattraper à travers le parc. Arrivée sur le pont de pierre, Pandora serra les rênes et l'attendit.

– J'ai gagné! cria-t-elle un peu essoufflée. Vous devez... donc vous montrer... magnanime et me...pardonner.

– Je vous fais grâce pour cette fois, mais attention, Pandora, rappelez-vous! Je suis un Chart noir, et donc très coléreux.

Elle riait encore alors qu'ils chevauchaient côte à côte sur le pont.

– Aimez-vous la pêche? demanda-t-elle en regardant l'eau argentée.

– Je pêchais, autrefois, et j'étais plutôt doué.

– Dans ce cas, promit Pandora, je vous montrerai les coins où papa attrapait ses délicieuses truites saumonées.

– Nous pourrions peut-être faire un pique-nique et, pour vous montrer mes capacités, nous mangerons seulement les poissons que je prendrai.

– Ce serait déshonorant pour vous si nous devions rentrer à la maison le ventre creux, fit remarquer Pandora d'un air taquin.

– S'il y a des truites, je vous promets qu'il n'en sera rien, répliqua le comte, très sûr de lui.

Les palefreniers les attendaient devant la porte d'entrée et Pandora, en descendant de cheval, se réjouit à l'idée d'un tel pique-nique. Puis elle repensa à Kitty et aux autres que le comte ne manquerait sûrement pas d'amener avec lui. Elle avait fini par les oublier, mais en montant les escaliers pour se changer, elle entendit des voix et des rires qui venaient du salon.

Elle mit une robe d'après-midi très simple, et lorsqu'elle descendit, elle trouva tout le monde en train de boire.

Les actrices, étincelantes de bijoux, vêtues de robes de soie et de gaze, dissimulaient sous un épais maquillage les ravages causés par la beuverie de la nuit précédente.

Elles faisaient beaucoup de bruit, mais quand Pandora pénétra dans le salon, Kitty lui lança d'une voix agressive :

– Où diable étiez-vous pendant tout ce temps? On m'a dit que vous aviez été faire du cheval avec mon ami.

– J'ai montré une partie du domaine à mon cousin, répondit Pandora, et je crois que nous avons oublié l'heure; il y avait tant de gens à voir!

– Et vous aviez aussi tant de choses à lui confier, sans doute, lança Kitty aigrement.

Burrows avait suivi Pandora dans le salon, et il lui demanda :

– Voulez-vous un peu de thé, mademoiselle Pandora?

– Volontiers, répondit Pandora. Merci, Burrows, d'y avoir pensé.

Derrière lui, deux valets de pied portaient un plateau d'argent avec la théière Reine Anne, le pot à lait et le sucrier dont on se servait du temps de sa mère. Il y avait des sandwiches, de délicieuses pâtisseries et d'autres friandises traditionnelles. Pandora se tourna vers Hettie et Caro :

– Quelqu'un d'autre veut-il du thé?

– Qui voudrait du thé quand nous pouvons boire du champagne, répliqua Caro méprisante.

– J'en veux bien un peu, fit sir Gilbert et, reposant ostensiblement son verre, il s'approcha de la table à thé.

– Du lait, du sucre? demanda Pandora poliment en le servant.

Il la fixa d'une manière qui lui déplut au plus haut point, et elle détourna ostensiblement la tête en lui tendant sa tasse de thé.

– J'avais peur que vous soyez partie, dit-il à voix basse en s'asseyant à côté d'elle. J'ai été rassuré quand j'ai appris que vous étiez en promenade.

– Je ne vois pas pourquoi vous vous intéressez tellement à moi, remarqua Pandora étourdiment.

– Eh bien, je vais vous le dire, murmura-t-il, mais ce serait plus facile si nous étions seuls.

Elle ne répondit pas, mais s'appliqua à remplir sa propre tasse. Puis elle prit un sandwich, tout en gardant délibérément la tête tournée.

– Vous êtes très jolie, reprit-il. J'aurais voulu vous voir sur un cheval. Si j'avais su que vous vouliez monter, j'aurais refusé l'invitation de Trentham et serais resté ici.

– J'avais des choses à voir avec mon cousin, répliqua Pandora froidement.

– Bien, mais maintenant vous êtes libre, et vous pouvez m'écouter.

– Je crois qu'il va être l'heure de se changer pour le dîner.

– Faites-moi visiter la galerie des portraits, je ne l'ai encore jamais vue.

– Nous n'avons pas le temps.

– Vous êtes déconcertante, affirma sir Gilbert,

mais je vous assure que je suis un chasseur obstiné et que j'arrive toujours à mes fins.

Pandora regretta d'avoir engagé une telle conversation, car il s'ingéniait à donner un double sens à toutes ses paroles.

Elle finit son sandwich et but son thé sans dire un mot, gênée de sentir cet homme assis auprès d'elle.

Enfin, à son grand soulagement, le comte entra dans le salon.

Les femmes poussèrent un cri de joie en le voyant, mais il les ignora et traversa la pièce en direction de Pandora. Il tenait quelque chose dans sa main, quelque chose de lourd, enveloppé dans un mouchoir de soie qu'il déposa sur les genoux de la jeune fille.

Elle le regarda d'un air surpris quand il déclara :

– Vous aviez tout à fait raison – Farrow vient de les trouver. Il a insisté pour fouiller les bagages de Dalton avant son départ.

Pandora déplia le mouchoir et découvrit les quatre tabatières.

Elle poussa un cri de ravissement.

– Il en manque d'autres, reprit le comte, mais Dalton a fini par avouer l'endroit où il les avait vendues et Farrow pense qu'il pourra les récupérer.

– Oh! que je suis heureuse! s'exclama Pandora.

Elle prit l'une des tabatières.

– Savez-vous que celle-ci a été donnée par Pierre le Grand à notre ancêtre, ambassadeur à Saint-Pétersbourg? J'aurais tellement regretté sa perte.

Le comte était sur le point de dire quelque chose, quand il fut interrompu.

– Pourquoi diable lui donnes-tu ces cadeaux? demanda Kitty furieuse.

Elle regarda la tabatière que tenait Pandora et s'écria :

– Et des diamants, en plus! S'il y a des diamants ici, ils sont pour moi, qu'on se le dise!

Elle voulut arracher la boîte des mains de Pandora, mais le comte la retint.

– Ce n'est pas un cadeau pour Pandora, dit-il froidement. Elles appartiennent à la maison, et elles avaient été volées par un des domestiques.

– Tu veux me faire croire à cette stupidité? répliqua Kitty. Et même si c'était vrai, donne-les-moi! reprit-elle rageusement.

– Elles ne te serviraient à rien, fit le comte avec humour. Tu ne peux les porter ni au cou, ni aux oreilles.

– On peut récupérer les diamants, cria Kitty hors d'elle.

Pandora plaça la tabatière dans le mouchoir avec les autres et se leva.

– Je vais les remettre à leur place.

– Pas question, hurla Kitty.

Elle échappa au comte qui tentait de l'immobiliser et se jeta sur Pandora. Celle-ci trébucha et serait certainement tombée si, à sa grande consternation, sir Gilbert ne l'avait retenue.

– Ça suffit, Kitty, s'écria le comte en colère. Un peu de tenue, je te prie! Je te l'ai dit – les tabatières appartiennent à ma famille, et personne n'y touchera.

L'autorité de sa voix surprit à la fois Kitty et Pandora. Cette dernière essaya de se dégager de l'étreinte plus que protectrice de sir Gilbert.

– Merci, fit-elle. Je me sens très bien maintenant.

– Je suis prêt à vous tenir dans mes bras aussi longtemps qu'il le faudra.

– Ce n'est plus nécessaire, répliqua-t-elle.

Le comte qui luttait avec Kitty se rendit compte enfin de la situation.

– Laisse-la, Gilbert, ordonna-t-il. Quant aux tabatières, plus vite elles retrouveront leur place, mieux cela vaudra.

A regret, sir Gilbert lâcha Pandora.

– C'était si doux de vous serrer contre moi, murmura-t-il à l'oreille de la jeune fille.

Elle déposa deux des tabatières sur une table Louis XIV à l'extrémité de la pièce. Puis, sans regarder autour d'elle, elle quitta prestement le salon en refermant la porte derrière elle.

Les deux autres tabatières provenaient de la bibliothèque. En les replaçant, elle constata, comme elle l'avait redouté, qu'il en manquait trois autres serties de pierres précieuses et incrustées d'émaux toutes trois d'une très grande valeur.

« Il nous faut absolument un autre conservateur », se dit-elle.

Le précédent était mort trois ans auparavant et n'avait jamais été remplacé. Mais elle savait que le catalogue de ce que contenait la maison se trouvait dans le bureau. Elle demanderait demain à Michael Farrow s'il connaissait quelqu'un capable de remplir cette fonction.

Puis elle pensa que c'était peut-être une erreur. Elle allait se mêler de ce qui ne la regardait pas.

Elle essaya d'imaginer ce que sa mère aurait fait à sa place. Il fallait que le comte admette la nécessité d'un conservateur, mais la décision finale ne pouvait venir que de lui.

« Pour l'aider, il faut que j'agisse adroitement, songea-t-elle. Les hommes détestent les femmes qui veulent tout régenter. Lorsqu'il prendra les rênes de la maison, il ne supportera aucune ingérence, de moi, ni de qui que ce soit. »

C'est une chose de réfléchir calmement, avec

logique, et c'en est une autre quand l'on se sent pressé par le temps.

Les heures s'écoulaient, et bientôt le châtiment suspendu au-dessus de sa tête, pareil à l'épée de Damoclès, allait s'abattre sur elle, car son oncle rentrait à Lindchester vendredi.

« Il reste encore deux jours », pensa-t-elle avec un irrépressible sentiment de bonheur, et elle décida de ne pas perdre un instant.

Elle monta dans sa chambre et trouva Mary ivre de joie.

– Les choses ont déjà bien changé, mademoiselle, fit-elle. Dès le moment où Mme Meadowfield est arrivée, tout a commencé à être différent.

– Je le savais bien, répondit Pandora en souriant.

– Deux des femmes de chambre sont parties avec Mme Jenkins, car c'est elle qui les avait amenées. On n'est pas assez nombreux, mais on s'usera les doigts jusqu'à l'os, c'est vrai, mademoiselle, pour que l' travail soit fait.

Mme Meadowfield entra pendant que Pandora s'habillait.

– Vous avez tout ce qu'il vous faut, mademoiselle? demanda-t-elle.

– Oui, je vous remercie, madame Meadowfield. C'est tellement merveilleux de vous voir ici.

Mme Meadowfield sourit au compliment. Elle portait la robe noire et le tablier de taffetas que Pandora lui avait toujours connus, et les clés attachées à une châtelaine d'argent cliquetaient à sa ceinture.

Elle envoya Mary faire une course et, après son départ, confia à Pandora :

– Je n'ai jamais vu une telle pagaille, mademoiselle Pandora. Je ne sais pas ce qu'en aurait dit votre mère, vraiment pas! Tout le linge est sens dessus dessous, les pièces ne sont pas faites à fond, et il y a des tas de choses cassées ou manquantes.

– Je suis certaine que vous allez tout remettre en ordre, assura Pandora.

– Je l'espère, mademoiselle, mais Sa Seigneurie ne devrait pas utiliser les belles chambres à coucher pour...

Elle s'arrêta brusquement, mais Pandora avait compris.

– Nous devons aider Sa Seigneurie, madame Meadowfield, répondit-elle. Il faut beaucoup de temps pour connaître Chart comme vous et moi. Le comte est plein de bonne volonté, mais c'est un homme et il ne faut pas le brusquer.

– Vous êtes aussi avisée que votre mère, mademoiselle Pandora. Elle me disait souvent à propos de votre grand-père : « Laissez Sa Seigneurie agir comme il l'entend, madame Meadowfield » et c'est exactement ce que je faisais.

– Et c'est ce que vous devrez faire encore, ajouta Pandora.

Mme Meadowfield jeta un regard autour d'elle pour voir si rien ne traînait, puis elle reprit :

– Il n'y a pas à dire, vous êtes chez vous ici, mademoiselle Pandora. Je l'ai souvent confié à ma sœur : ce n'est pas juste que Mlle Pandora vive à Lindchester quand sa maison est à Chart. Comme je vous l' dis!

Pandora embrassa Mme Meadowfield sur la joue.

– C'est pourquoi Chart Hall, le village, et vous seront toujours ma vraie famille, affirma-t-elle.

En descendant l'escalier, elle s'aperçut que sa conversation avec Mme Meadowfield l'avait mise en retard et que la plupart des invités étaient déjà dans le salon.

Kitty fit irruption comme le comte regardait la pendule en fronçant les sourcils.

Sa robe était encore plus décolletée que celle de la veille, et elle portait des émeraudes autour du cou et dans les cheveux.

Elle s'empara du bras du comte dans un mouvement de possession.

– Tu es en retard, fit-il durement.

– Tu devrais plutôt dire que c'est un plaisir d'attendre une femme comme moi.

Elle s'était inondée d'un parfum violent, enivrant, que Pandora trouva particulièrement choquant au milieu des fleurs, des senteurs de lavande et de cire d'abeille qui faisaient le charme de Chart.

Le dîner se déroula comme à l'accoutumée et, une fois de plus, elle se trouva placée à côté de sir Gilbert.

La nuit dernière, il l'avait effrayée, mais ce soir elle se sentait sûre d'elle et ne lui permettrait pas de l'importuner.

Ils étaient moins nombreux, et la table était simplement garnie de fleurs. Pandora reconnut là une attention des jardiniers qui montraient ainsi leur gratitude pour les changements en cours.

Elle était sûre que Michael Farrow reprendrait le père de Mary. Peut-être même était-ce déjà fait, ce qui expliquerait toutes ces fleurs.

– Vous êtes vous-même comme une fleur, murmura sir Gilbert en suivant son regard.

– Personnellement, je comparerais plutôt certaines gens à des animaux répondit-elle du tac au tac.

– Dans ce cas vous êtes une de ces biches sauvages que l'on voit dans le parc. Elles s'avèrent de séduisantes créatures lorsqu'on sait les apprivoiser.

Pandora fit la sourde oreille, mais elle sentit que le dîner serait pénible, et elle ne se trompait pas.

Sir Gilbert essayait de lui parler d'amour et tournait en compliment tout ce qu'elle disait, y compris les choses les plus banales.

Il avait certes beaucoup d'expérience; tout autre se serait lassé et même senti vexé par ses rebuffades continuelles. Mais pas sir Gilbert!

Il continuait à l'importuner, et elle vit arriver la fin du repas avec soulagement.

– Voulez-vous emmener les dames au salon, Pandora? demanda le comte.

Pandora se leva, mais Kitty s'écria :

– Nous ne vous laisserons pas boire votre porto jusqu'à ce que vous rouliez sous la table. Ou vous venez avec nous, ou nous restons ici.

– Allons, Kitty, ne fais pas d'histoires! protesta Freddie. Nous voulons seulement prendre un verre de porto, et il vaut mieux que tu t'abstiennes. Rappelle-toi dans quel état tu étais hier soir.

– Je ne bois que du champagne, répondit Kitty, mais je resterai avec Norvin quoi que vous puissiez dire.

Elle foudroya Pandora du regard et ajouta :

– Et je n'accepterai pas que l'on essaye de me donner des ordres – surtout s'ils viennent de quelqu'un qui n'a aucun droit dans cette maison!

– Je vais dire à Burrows d'apporter le brandy au salon, déclara le comte. Kitty a raison. Nous ferions mieux de nous passer de porto aujourd'hui.

– Voilà ma soirée gâchée! s'exclama Freddie, mais je me rattraperai demain.

– Je n'en doute pas, répondit Clive. S'il existe au monde un homme capable d'ingurgiter trois et même cinq bouteilles d'affilée – c'est bien toi, Freddie!

– Les caves de Norvin sont suffisamment garnies, répliqua Freddie sans se démonter.

Ils se dirigèrent tous ensemble vers le salon, et Pandora fut surprise d'y voir installées des tables de jeu.

– Nous allons jouer – chic, alors! s'écria Hettie.

– J'espère que Clive sera en mesure de payer tes dettes, fit Kitty d'un ton venimeux. Tu lui as coûté une fortune l'autre soir.

– Oh! mais j'ai gagné le lendemain, rétorqua Hettie.

A son grand soulagement, Pandora entendit sir Gilbert parier avec Freddie à qui tirerait un as le premier.

Le jeu ne lui disait rien. Elle n'avait pas d'argent et se refusait à en emprunter. Elle se glissa donc sur la terrasse par l'une des grandes portes-fenêtres.

La nuit était chaude, sans un souffle de vent, et le ciel avait cet éclat rose, transparent, qui précède le crépuscule.

En descendant les marches qui menaient à la pelouse, Pandora se disait que nul autre endroit au monde ne pouvait être aussi enchanteur que Chart. Le lac, pareil à un miroir d'argent, reflétait les boutons d'or, et les nénuphars flottaient sur leurs larges feuilles vertes.

Elle respirait toutes les senteurs de la nuit, les roses et le chèvrefeuille, encore plus odorants que dans son souvenir.

Elle s'arrêta près du lac pour entendre le coassement des grenouilles et le chant des grillons. Au-dessus de sa tête une chauve-souris lança un cri. Elle eut l'impression que toute cette nature lui parlait et la reconnaissait comme sienne.

« Mme Meadowfield a raison, se dit-elle. J'appartiens à cette maison. Et même, je ne l'ai jamais quittée. »

Si un jour elle s'en allait, pour ne plus jamais revoir le château ou le village, une partie d'elle-même, une partie de son cœur et de son âme resterait ici et elle ne pourrait jamais les oublier.

Profondément plongée dans ses rêveries, elle n'entendit pas des pas qui s'approchaient jusqu'à ce qu'une voix qu'elle détestait murmurât suavement :

– Je vous ai enfin trouvée, ma petite sauvage! J'avais le pressentiment que vous étiez là.

Sir Gilbert rompit le charme, et Pandora lui jeta un regard courroucé :

– Je suis venue dans le jardin parce que je désirais être seule.

– Et moi, je suis venu pour être auprès de vous.

– Si je suis si sauvage, c'est que je n'ai aucune envie d'entendre vos sornettes, riposta Pandora. Vous allez peut-être me trouver brutale, mais c'est la stricte vérité.

Sir Gilbert se mit à rire :

– Vous êtes tellement différente des autres femmes, et si captivante! Vous m'avez séduit, petite Pandora, et je n'ai pas l'intention de vous abandonner.

Il s'avança et Pandora devina qu'il allait la prendre dans ses bras. Elle essaya de s'échapper, mais il était trop tard.

Elle le repoussa et lutta désespérément, mais elle s'aperçut qu'elle ne pourrait rien contre sa force. Il la serrait de plus en plus fort, puis il se pencha sur elle et ses lèvres cherchèrent les siennes.

La jeune fille poussa un petit cri d'effroi, révoltée par ce contact et dégoûtée à l'idée du baiser qu'il allait lui donner. Elle tourna la tête de droite à gauche, et sir Gilbert interrompit ses tentatives pour l'enlever dans ses bras.

– Nous allons trouver un endroit plus isolé, déclara-t-il, où je vous apprendrai à ne plus avoir peur de moi.

Il parlait d'un ton satisfait et semblait très excité. Un de ses bras la retenait prisonnière contre sa poitrine, et de l'autre il entourait sa taille.

– Lâchez-moi! cria-t-elle. Comment osez-vous... vous conduire de la sorte! Je vous déteste... vous m'entendez? Je vous déteste.

– Je vous apprendrai aussi à m'aimer, répondit sir Gilbert, et laissez-moi vous dire, Pandora, que je suis un professeur très expérimenté.

– Laissez-moi partir! Où m'emmenez-vous? Laissez-moi partir, cria de nouveau Pandora.

Mais sourd à ses injonctions, il l'emporta vers les buissons qui bordaient le lac. L'herbe y était épaisse et comme elle se débattait, il se jeta brutalement sur elle.

En poussant un cri de terreur, la jeune fille tenta de le repousser avec ses deux mains, mais il posa ses doigts sur sa bouche et elle sentit que sa lutte était désespérée.

Elle cria encore, et au feu qui brûlait dans ses prunelles elle comprit qu'il savourait le moment où il allait enfin la réduire au silence.

Soudain, quelqu'un écarta les branches, et avant que Pandora ait eu le temps de comprendre ce qui se passait, une main puissante empoigna sir Gilbert par le col de son habit. En voyant le comte, Pandora fut envahie d'un indicible soulagement. Il était là et il l'avait sauvée!

– Par le diable, est-ce que tu te rends compte de ce que tu es en train de faire? fit-il avec colère.

Il lâcha sir Gilbert, et comme ce dernier trébuchait en reprenant son équilibre, il ajouta :

– Je te croyais suffisamment bien élevé pour

laisser ma cousine en paix après ce que je t'avais dit hier soir.

– Pourquoi la laisserais-je en paix? rétorqua sir Gilbert au comble de la fureur. Tu prends bien ton plaisir, je veux aussi prendre le mien.

– Pas avec ma cousine.

– Je n'ai pas d'ordres à recevoir de toi, riposta sir Gilbert.

Sans plus discourir, il se jeta sur le comte et lui aurait certainement fracassé la mâchoire, si ce dernier, prévoyant l'attaque, ne s'était jeté de côté.

Le choc l'atteignit cependant à l'épaule et le fit vaciller. Il envoya alors à sir Gilbert un coup de poing qui fit comprendre à Pandora quel pugiliste expérimenté il était. Mais sir Gilbert savait aussi se battre et, en un instant, ils quittèrent l'abri des buissons et roulèrent ensemble sur la pelouse.

Ils luttaient farouchement, chacun essayant de parer les coups de l'adversaire quand tout à coup le comte força la défense de sir Gilbert et le frappa à la pointe du menton.

Il chancela, et comme ils se battaient au bord de l'étang, sir Gilbert glissa en arrière sur les roseaux et bascula dans l'eau.

Pendant que Pandora et le comte assistaient médusés à cette scène, ils entendirent derrière eux des applaudissements. Ils se retournèrent, surpris : Freddie, Clive et Richard les regardaient.

– Dieu me damne, Norvin! déclara Freddie. Je ne t'aurais jamais cru si habile!

– J'ai été à dure école, répondit le comte laconiquement.

Puis il entreprit de retirer sir Gilbert de l'étang. Pendant un instant ce dernier resta inconscient, secoua la tête et se mit à cracher. Les autres hommes accoururent pour lui prêter secours et le remettre sur ses jambes.

– Quel combat! s'exclama Clive. Et à présent que vous nous avez montré tous les deux ce que vous saviez faire, si nous allions prendre un verre?

Le comte tendit la main.

– Sans rancune Gilbert, et je t'assure que je ne voulais pas que tu te noies.

Sir Gilbert repoussa les cheveux qui lui tombaient sur le front. Il ignora la main du comte et se contenta de lui lancer un regard haineux.

– Je te demande réparation, Chartwood, fit-il, et j'ai l'intention de l'obtenir.

Un silence suivit ses paroles. Freddie déclara :

– Oh! allez, viens, Gilbert. Sois sport. C'était un beau combat, mais Norvin a gagné sans contestation possible.

– Nous nous battrons demain matin, s'entêta sir Gilbert.

– Sérieusement, tu me proposes un duel? demanda le comte. Dieu tout-puissant, Gilbert, cette affaire est close! Je suis tout prêt à m'excuser d'avoir été aussi brutal avec toi.

– Es-tu trop lâche pour te conduire en gentilhomme? reprit sir Gilbert d'une voix agressive.

– Je n'aime pas que l'on me traite de lâche, répliqua le comte.

– Très bien, alors à 6 heures demain matin, décida sir Gilbert. Clive, veux-tu me servir de témoin? Et comme je n'ai pas l'intention de dormir dans cette maison, Trentham m'en fournira un autre.

– Ce n'est pas sérieux! protesta Freddie.

Puis, avec une dignité qui imposa en quelque sorte l'admiration, car il était à la fois trempé et humilié, sir Gilbert retourna seul au château.

Ils le regardèrent partir en silence, et Freddie s'écria :

– Que je sois damné, mais je ne l'aurais jamais cru comme ça !

Pour la première fois depuis le début de l'altercation, Pandora s'adressa au comte :

– Il ne faut pas... vous battre en duel. C'est... très mal et cela peut être... dangereux.

– Cela peut en effet être dangereux avec Gilbert, assura Clive. Il a eu de sales histoires en provoquant en duel des jeunes gens sans expérience.

– Oui, mais moi, j'en ai, répondit le comte avec fermeté. Freddie et Richard, vous m'assisterez.

– Je n'ai aucune envie d'être le témoin de Gilbert, déclara Clive.

– Tu n'as pas le choix, répliqua le comte. Nous nous retrouverons à 6 heures. Je suppose qu'il vaut mieux que ce soit dans le parc. Je ne tiens pas à avoir les jardiniers comme spectateurs.

– Est-ce qu'on ne pourrait pas arrêter ça ? supplia pathétiquement Pandora.

Personne ne lui répondit. Puis, comme s'il devinait ce qu'elle ressentait, Clive déclara calmement :

– C'est une affaire d'honneur. N'en parlons pas aux autres femmes. Elles en feraient tout un plat.

– Non... bien sûr, acquiesça Pandora.

Elle regarda le comte et voulut lui avouer à quel point elle lui était reconnaissante de l'avoir sauvée. Mais elle n'aurait jamais imaginé qu'une telle chose pût se produire : il allait se battre à cause d'elle !

– Je suis navrée ! Je suis navrée ! fut-elle sur le point de lui dire, mais le comte les quitta d'une manière qui leur fit comprendre à tous qu'il désirait être seul.

Au lieu de rentrer au château, il s'éloigna dans le jardin.

Silencieusement, et l'air désolé, Pandora et les jeunes gens retournèrent vers les fenêtres allumées de la grande maison.

5

Dès que Pandora et les trois hommes arrivèrent sur la terrasse, Kitty se mit à crier d'une voix furieuse :

– Où diable étiez-vous donc passés? Et où est Norvin? Je vous avais demandé de le ramener.

– Nous ne l'avons pas trouvé, répondit Freddie, mais je pense qu'il ne va pas tarder à nous rejoindre.

– Il se passe quelque chose de bizarre ici, fit Kitty aigrement, quelque chose que je n'aime pas.

Pandora ne voulut pas en entendre davantage. Elle traversa le salon sans un mot et sortit dans le hall après avoir refermé la porte derrière elle.

Elle se rendit compte une fois de plus que les trois femmes avaient trop bu : Caro, les yeux clos, était effondrée sur le sofa.

« Quel attrait des hommes bien élevés peuvent-ils trouver à des femmes si vulgaires? » se demanda-t-elle.

Pandora avait remarqué pendant le dîner combien chaque verre de vin les rendait plus bruyantes et paraissait accentuer la vulgarité de leur comportement.

Que devait penser de tout cela le vieux Burrows au flegme inébranlable. Elle l'avait entendu réprimander d'une voix glaciale un valet de pied qui s'était permis de ricaner à une réflexion des invités.

Si seulement Chart Hall pouvait redevenir ce qu'il était, soupira-t-elle.

Puis elle ne pensa plus qu'au duel prévu pour le lendemain à cause d'elle.

Pandora était sûre que le comte triompherait de sir Gilbert, mais un duel était un duel.

Les histoires qu'elle avait lues ou entendues tournaient parfois à la tragédie, et souvent le vainqueur devait s'exiler, par crainte d'être arrêté.

La jeune fille était certaine que rien de semblable ne se produirait. Cependant elle avait peur.

Quelle faute avait-elle commise, si ce n'est celle de s'être promenée seule dans le jardin! Peut-être aurait-elle dû deviner que sir Gilbert la suivrait même s'il paraissait très absorbé par son jeu.

Tout ira bien... Je suis sûre que tout ira bien, essaya-t-elle de se persuader avec optimisme. Mais au fond d'elle-même, elle se sentait remplie de frayeur.

Mary vint l'aider à se déshabiller, et pour une fois Pandora ne s'intéressa pas à son babil. Une fois seule, elle se mit au lit, les yeux grands ouverts dans la pénombre.

Pandora pria avec ferveur pour que le comte ne fût pas blessé. Même pour une simple écorchure, il pourrait se mettre en colère et lui reprocher sa conduite. Cette idée l'angoissa tellement que le sommeil la quitta définitivement.

Une heure et demie plus tard, les invités montèrent dans leurs chambres en faisant beaucoup de tapage. S'ils avaient bu autant qu'elle se l'imaginait, ils allaient peut-être faire des dégâts dans les magnifiques chambres d'apparat où ils dormaient. Elle était persuadée que le comte avait délibérément logé ses amis dans ces appartements dans le but de choquer les ancêtres des Chart. Ceux-ci auraient indubitablement éprouvé un dégoût semblable au sien devant ces actrices perpétuellement ivres.

Elle était également surprise et choquée par leurs paroles et leur conduite.

Elle n'avait pu s'empêcher d'écarquiller les yeux pendant le dîner en voyant Caro embrasser Richard avec passion pendant qu'Hettie, un bras passé autour du cou de Freddie, l'autre glissé à l'intérieur de sa chemise, le suppliait de lui acheter un bijou qu'elle avait remarqué dans Bond Street.

Pandora s'était demandé comment sa mère aurait réagi dans de telles circonstances.

Puis, une fois de plus, elle décida qu'elle n'avait pas le droit de critiquer. Elle s'était invitée elle-même, et si les amis du comte se conduisaient mal, elle en avait été avertie.

Cependant, elle était froissée par leur comportement qui prouvait que Prosper Witheridge n'avait pas tort, et que les commérages venimeux des vieilles femmes de Lindchester étaient parfaitement justifiés.

« Je suis sûre que Norvin finira par s'apercevoir à quel point ils sont horribles et déplacés dans le cadre majestueux de Chart Hall » pensa-t-elle.

Et puis, même si l'occasion s'en présentait, il était inutile qu'elle intervienne : c'est de Chart même que viendrait la leçon.

Le comte finirait bien par s'apercevoir du contraste entre Caro gisant ivre morte sur le sofa, et le portrait de la comtesse de Chartwood, peinte d'une façon exquise par sir Joshua Reynolds. Elle était si ravissante et si gracieuse, et en même temps tellement digne et bien élevée que le regard ne pouvait s'empêcher de s'y attarder.

– Il verra tout cela, il doit le voir, murmura Pandora, et quelques vers du *Paradis perdu* lui revinrent en mémoire :

Le démon demeura confondu.
Il sentit combien la bonté était terrible
et vit à quel point l'apparition de la vertu
pouvait être séduisante.

– Il se rendra compte... Je sais qu'il se rendra compte tôt ou tard, se répéta Pandora, mais il lui fut impossible de s'endormir.

Elle entendit l'horloge des écuries sonner deux coups, puis la demie. Tout était calme, et comme elle était complètement réveillée, avec un tas d'idées qui se bousculaient dans sa tête, elle se leva pour aller à la fenêtre.

Elle souleva le rideau de soie et contempla le magnifique spectacle qui s'offrait à elle. Les étoiles scintillaient, et un croissant de lune éclairait les grands arbres du parc. Elle songea à ce qui allait se passer dans quelques heures, et une fois de plus elle pria pour que le comte fût épargné.

– Il ne peut pas tout perdre maintenant, fit-elle à voix basse.

Grâce au clair de lune, on distinguait l'aile ouest tandis que les autres parties du château restaient plongées dans l'ombre. Une lueur d'argent courait sur les grandes fenêtres dessinées avec une parfaite symétrie par Inigo Jones. C'est alors qu'en regardant plus attentivement, Pandora s'aperçut qu'une des fenêtres du rez-de-chaussée était ouverte.

« Ce doit être un oubli des domestiques », pensa-t-elle.

Elle se rappela que son grand-père veillait à ce que les fenêtres du bas fussent toujours minutieusement fermées chaque soir.

– N'importe qui pourrait entrer par là, avait-il dit souvent, et les gardiens ne s'en apercevraient même pas.

Il y avait toujours eu deux gardiens de nuit à Chart Hall, Underwood et Colby. Mais peut-être les avait-on renvoyés à cause de leur âge et de leur surdité.

« Si jamais je rencontre l'un ou l'autre demain, je lui parlerai de la fenêtre », décida Pandora.

A la lumière de la lune elle enfila un peignoir qui avait appartenu à sa mère, en soie bleu pâle, orné de dentelles sur l'encolure et au bas des larges manches.

Pandora le ferma et serra la ceinture autour de sa taille mince, puis elle chaussa ses mules assorties au peignoir.

La jeune fille ouvrit la porte et sortit dans le corridor.

La plupart des flambeaux étaient éteints, mais il en restait assez pour qu'elle pût reconnaître son chemin, qu'elle aurait d'ailleurs retrouvé dans le noir.

Elle pensait voir Underwood et Colby dans le hall, car c'était là qu'ils terminaient habituellement leur ronde, mais il n'y avait personne. Après avoir regardé vivement dans le couloir qui menait à la bibliothèque, Pandora se dirigea vers les pièces situées entre le salon et la salle à manger : toujours aucune trace des deux hommes. Elle supposa qu'ils étaient dans les cuisines en train de boire un verre de bière ou de manger un morceau.

« Sans aucun doute, il y a plus de relâchement que du temps de grand-papa » se dit-elle.

Elle franchit la porte capitonnée qui séparait le bâtiment principal de la cuisine, de l'arrière-cuisine et de la salle des domestiques.

Avant d'y arriver Pandora devait passer par l'office. Si elle n'y trouvait pas les gardiens de nuit, il y aurait toujours le valet de pied chargé de veiller sur le coffre où l'on enfermait l'argenterie. Lorsqu'elle était enfant elle se disait que cela ne devait pas être confortable de dormir dans cette pièce, car le lit, refermé contre le mur pendant la journée, ne s'ouvrait que pour la nuit.

Marchant silencieusement, elle était presque arrivée à l'office quand elle entendit des voix.

« Voilà donc où sont les gardiens de nuit, se dit-elle en souriant, ici, en train de bavarder! »

Elle fit quelques pas, puis buta sur quelque chose par terre qu'elle ne distinguait pas très bien à cause de la pénombre. Elle se pencha et fut surprise de découvrir Underwood étendu de tout son long près de la porte. Pendant un instant elle le crut endormi, puis un pressentiment terrifiant l'envahit.

Sans songer à ce qu'elle faisait, elle se précipita à l'office pour demander du secours et resta pétrifiée d'horreur sur le seuil de la porte.

Le valet de pied, un bâillon sur la bouche, gisait, ligoté, contre le mur, et devant le coffre béant Dalton tenait un objet en or à la main.

Un autre homme qui, d'après les descriptions qu'on lui en avait faites, devait être Anstey, ouvrait un sac. Au cri de terreur qu'elle ne put retenir, Dalton se retourna.

En même temps, Anstey demanda :

– Qui est-ce?

– C'est la cousine de Sa Seigneurie, répondit Dalton, et je crois savoir que c'est elle qui m'a fait renvoyer.

En disant ces mots, il s'approcha de Pandora qui comprit trop tard son imprudence.

Elle essaya de s'enfuir, mais Dalton fut plus rapide et en une seconde il l'attrapa par les bras et lui lia les poignets derrière le dos.

– Laissez-moi partir! Comment osez-vous? s'efforça de dire Pandora; puis elle se mit à hurler. Aussitôt Anstey la bâillonna. Elle tenta de lutter, mais sans succès.

Comme elle songeait avec désespoir qu'elle était

entièrement en leur pouvoir, elle entendit une voix furieuse :

– Qu'est-ce qui se passe ici?

C'était le comte. Pandora éprouva un immense soulagement en voyant qu'il tenait à la main un pistolet de duel.

– Relâchez Mademoiselle immédiatement, ordonna-t-il, ou je vous abats sur-le-champ!

Il pointa son arme sur Dalton, mais Anstey passa son bras autour de Pandora et, la maintenant contre lui, il la plaqua contre la porte du coffre.

– Pas si vite, dit-il au comte.

Terrifiée, Pandora sentit la lame d'un couteau sur sa gorge.

– Vous pouvez tuer Dalton, M'Lord, fit-il, mais votre cousine mourra aussi. Ensuite nous pourrons nous battre dehors d'homme à homme.

Pandora voulut crier, mais elle savait que le pistolet de duel ne contenait qu'une seule balle, et la pointe glaciale du couteau effleurait sa peau.

Anstey était maître de la situation.

– Ramasse les sacs, commanda-t-il à Dalton. Et maintenant, M'Lord, vous allez nous laisser passer, sinon vous vous apercevrez que je ne plaisante pas quand je vous dis que cette ravissante jeune fille va tomber raide morte à vos pieds.

Il y avait quelque chose de diabolique dans la façon dont il distillait ses paroles, comme s'il éprouvait une intense satisfaction.

– Vous ne partirez pas avec ça, déclara le comte.

– Je pense avoir plus d'expérience en tant que voleur que vous n'en avez en tant que gentilhomme, rétorqua Anstey.

Pandora lut la colère dans les yeux du comte, et pendant un instant elle crut qu'il allait risquer le tout pour le tout en tirant soit sur Anstey, soit sur Dalton.

Si elle mourait, ce ne serait pas en vain. Il lui était insupportable d'imaginer ces hommes sans scrupules s'enfuyant avec une partie du patrimoine familial – tous ces objets d'or et d'argent qui avaient appartenu à ses ancêtres.

– Avance, ordonna Anstey à Dalton. Sa Seigneurie ne nous fera aucun mal, car elle sait parfaitement qu'elle ne peut rien contre nous.

Tenant toujours le couteau sur la gorge de Pandora, il la serra si rudement que la jeune fille en fut meurtrie. Puis il avança lentement, les yeux fixés sur le comte.

– Les gens meurent très rapidement lorsqu'on leur sectionne la veine jugulaire, fit-il d'un air démoniaque. Un simple petit geste de la main, M'Lord, et son sang coulera à flots.

Lentement, comme si chacun de ses pas était pour lui un véritable supplice, le comte sortit de l'office.

Pandora l'imagina en train de se demander s'il allait tirer une balle dans la tête d'Anstey. Elle voulut lui crier de prendre le risque, et que sa mort n'avait aucune importance, mais elle fut projetée en avant par l'homme qui l'avait prise en otage.

Ils empruntèrent le passage dallé qui menait à la cuisine, et le comte ne put que les regarder partir. Comme ils atteignaient la porte, Pandora le vit revenir sur ses pas en courant, et elle fut certaine qu'il allait demander de l'aide aux écuries.

Dès qu'il eut disparu, l'homme qui la tenait prisonnière précipita son action. Il l'entraîna à travers la cuisine jusqu'à l'entrée de service. Dalton entassait déjà les sacs dans une voiture qui attendait : un véhicule léger, tiré par deux chevaux, et qui pouvait aller très vite.

Elle ne put guère penser à autre chose qu'à sa position inconfortable, car Anstey la prit dans ses bras et la jeta sur les sacs. Puis avec une rapidité stupéfiante, lui et Dalton grimpèrent sur les hauts sièges à l'avant de la voiture et les chevaux prirent le galop.

La voiture était légère et rapide. Ils atteindraient la grand-route avant que le comte ait eu le temps de réveiller les palefreniers et de faire seller les chevaux pour se lancer à leur poursuite.

Elle avait été jetée sans ménagement sur les sacs et sa position incommode la faisait beaucoup souffrir. Elle était ballottée d'un côté à l'autre, et les violentes secousses qui lui meurtrissaient tout le corps risquaient à chaque instant de lui rompre les os.

– Nous voilà sauvés, cria Dalton dominant le fracas de l'attelage. Nous avons pris une bonne avance. Les chevaux ont atteint les loges des gardiens.

– Que faisait-il au milieu de la nuit avec un pistolet à la main? demanda Anstey.

– Aucune idée, répondit Dalton.

Ils étaient obligés de hurler pour couvrir le claquement des sabots, le grincement des roues et le tintement de la vaisselle.

S'appuyant des pieds contre les montants de la voiture, Pandora réussit à s'étendre à côté des sacs. Elle se sentit plus à l'aise, mais le bâillon l'étouffait et ses mains toujours attachées derrière son dos l'empêchaient de se protéger contre les cahots.

« Oh, mon Dieu, je vous en prie, faites que Norvin nous rattrape et qu'il me sauve! » pria Pandora.

Mais quand ils n'auraient plus la crainte d'être capturés, les hommes chercheraient à se débarrasser d'elle au plus vite. Ils la tueraient et la jetteraient dans un fossé. Elle n'avait aucune chance de s'en sortir. Pour eux qui risquaient déjà la pendaison pour vol, leur peine ne serait pas augmentée s'ils commettaient un meurtre.

« Au secours... Au secours! » cria-t-elle du fond de son cœur. Si son père l'entendait, elle était sûre qu'il ferait quelque chose pour aider le comte à la sauver.

Nul autre ne pouvait la secourir, car seul le comte savait ce qui s'était passé et mesurait le danger qu'elle courait.

Pandora essaya d'évaluer le temps qu'il faudrait au comte pour les rattraper. Elle entendit alors Anstey qui conduisait la voiture crier à Dalton :

– Retourne-toi et, s'il est derrière nous, n'hésite pas à tirer. Il y a un pistolet dans ma poche gauche.

– Alors pourquoi diable ne t'en es-tu pas servi plus tôt? demanda Dalton d'une voix furieuse.

– Il m'a eu par surprise, reconnut Anstey, et, de toute façon, je me suis servi de mon couteau. Alors de quoi tu te plains?

– De rien, répondit Dalton. Mais j'aurais voulu le voir mort.

– Alors tire, si jamais tu l'aperçois! ordonna Anstey.

Dalton se tourna sur son siège pour scruter la route derrière eux, et Pandora se sentit envahie par une terreur insurmontable. Le comte se laisserait surprendre par les voleurs qui l'abattraient. Après, ce serait son tour.

Elle ne pouvait rien faire, sinon prier – prier désespérément de tout son cœur et de toute son âme. A son grand étonnement, elle se surprit à penser :

« Si je dois mourir, cela n'a pas beaucoup d'importance... mais laissez la vie au comte... Je crois qu'il commence à aimer Chart... et il le gardera, le protégera... comme il le doit. »

Elle ferma les yeux pour que sa prière fût plus fervente.

Soudain, il y eut un fracas pareil à une explosion. Le monde entier sembla basculer dans une agitation indescriptible, Pandora entendit des cris, des hurlements et le hennissement affolé des chevaux. Quelque chose la frappa violemment à la tête, et elle vit des étoiles tourner autour d'elle... Pendant quelques secondes elle resta inconsciente. Puis elle s'aperçut avec étonnement qu'elle était toujours vivante. Quelqu'un la sortit de la voiture, des bras la serrèrent étroitement et l'emportèrent.

« Norvin! » voulut-elle s'exclamer, mais elle avait encore son bâillon.

Elle sentit ses doigts qui le dénouaient pendant qu'il attirait sa tête contre sa poitrine. Puis elle poussa un profond soupir qui se transforma en un gémissement de frayeur.

– Tout va bien, dit-il. Vous n'êtes pas blessée. J'ai tenté ma chance en pariant qu'ils vous avaient mise à l'arrière avec les objets volés.

Elle n'avait pas la force de l'écouter. Tout en soutenant sa tête, le comte entreprit de dénouer ses liens, et elle s'aperçut alors de l'indescriptible confusion qui régnait sur la route.

Les chevaux étaient tombés sur les genoux, l'attelage auquel il manquait une roue avait versé et deux corps vraisemblablement projetés du haut des sièges gisaient sur la chaussée.

Pandora écarquilla les yeux sans comprendre ce qui s'était passé. Lorsqu'il eut fini de la détacher, le comte lui expliqua :

– Cela a été dur pour les chevaux, les pauvres bêtes! Mais il valait mieux les faire trébucher sur une corde tendue en travers de la route plutôt que de risquer un coup de feu alors que vous étiez entre les mains de ces démons.

– Une corde... en travers de la route? murmura Pandora.

– Avec les arbres, c'était facile, répondit-il avec un sourire de satisfaction.

– Comment avez-vous pu... nous rejoindre... si vite?

– Les palefreniers connaissaient un chemin à travers champs. Je le saurai pour une autre fois.

Pandora était toujours dans ses bras, appuyée contre sa poitrine.

– Vous... m'avez sauvée! murmura-t-elle. J'ai... prié pour qu'il en fût ainsi.

– Je l'aurais parié! s'exclama le comte, et, naturellement, la prière d'une sainte est toujours entendue!

Elle essaya de rire pour lui faire plaisir, mais elle était au bord des larmes. Elle avait eu si peur! Toutefois elle aurait dû deviner que, du moment qu'il était un Chart, le comte trouverait le moyen de sauver la situation, fût-elle très périlleuse.

Les palefreniers ligotèrent Anstey et Dalton, tous deux encore inconscients. Puis l'un des hommes, s'approchant du comte, demanda :

– Que faut-il en faire, M'Lord?

– Laissez-les au bord de la route. La police viendra les ramasser dans un moment. Et ramenez les chevaux.

– Très bien, M'Lord.

– Je suppose que vous pourrez répartir les sacs entre vous tous?

– Nous veillerons sur eux, répliqua le palefrenier en riant.

Il lança un regard du côté de Pandora, prêt à poser une question, mais le comte déclara :

– Je prendrai Mlle Stratton avec moi.

Un autre garçon d'écurie amena le cheval du comte qui était resté caché sous les arbres.

Ce dernier entoura doucement Pandora de ses bras, comme s'il craignait qu'elle ne fût pas capable de se tenir debout toute seule. Après s'être assuré qu'elle en avait la force, il retira sa veste et la posa sur le devant de la selle.

– Je vais monter le premier, dit-il au palefrenier, puis vous me tendrez Mlle Stratton.

Le comte sauta sur son cheval et saisit Pandora que le domestique portait dans ses bras. Il l'installa devant lui en l'asseyant sur le côté afin de pouvoir la maintenir fermement avec son bras.

– Nous n'avons plus rien à craindre, fit-il. Maintenant rien ne nous presse.

Pandora ne put retenir ses larmes, et cacha sa tête contre son épaule pour qu'il ne la vît pas pleurer.

– Je... c... crois bien qu'ils voulaient... me... t... tuer, balbutia-t-elle.

– C'est fini, dit le comte calmement. Et rappelez-vous! C'est une aventure que je raconterai à mes petits-enfants et même à ces arrière-petits-enfants dont il faut, d'après vous, que je me préoccupe.

Pandora eut un petit rire étouffé.

– Tout est ma faute. J'aurais dû deviner en voyant la fenêtre ouverte que Dalton était en train... de vous cambrioler.

– Il eût été plus prudent de venir me chercher au lieu d'essayer de les surprendre toute seule!

Comme ils revenaient lentement vers la maison, Pandora répliqua :

– En réalité, je cherchais les gardiens de nuit. Mais ils avaient assommé Underwood.

– J'ai dit à l'un des palefreniers de s'en occuper, ainsi que du malheureux valet de pied.

– Vous avez vraiment pensé à tout, s'exclama Pandora avec admiration.

– Pour quelqu'un qui n'a pas l'habitude de cette sorte d'aventure, j'avoue que je ne m'en suis pas trop mal tiré, assura le comte. Il n'y a pas de doute, vous avez suscité un certain nombre de drames et créé un climat d'agitation sans précédent. Moi qui pensais que la campagne était un havre de paix où il ne se passait rien!

Pandora comprit qu'il faisait aussi allusion au duel et, au bout d'un moment, elle murmura d'une toute petite voix :

– Vous allez vraiment vous battre?

– Cela me procurera un plaisir extrême, répliqua le comte. Cet homme est un porc qui mérite de trouver ce qu'il cherche.

– Mais il est...dangereux. Il s'est battu... très souvent en duel.

– Moi aussi, d'une façon ou d'une autre, répondit le comte. J'essayerai au moins, cette fois-ci, de ne pas déshonorer le nom de notre famille.

– Je ne pourrais pas supporter... commença Pandora.

Il y eut un silence.

– Supporter quoi? demanda le comte.

– Que vous soyez... blessé... à cause de moi. C'était tellement... imprudent d'aller dans le jardin... toute seule.

– Extrêmement imprudent avec ce genre de canaille, acquiesça le comte. Mais comment pouviez-vous le savoir?

– En un sens, c'était encore plus épouvantable que la... mort.

En disant ces mots, elle se parlait à elle-même, mais le bras de son cousin se resserra autour d'elle.

– De telles aventures ne doivent pas vous arriver... pas à vous, fit-il.

Elle fut soudain consciente d'être serrée tout contre lui. Il portait seulement une chemise de sport blanche, et à travers son étreinte virile, elle pouvait sentir la chaleur de son corps près de sa joue.

Aucun homme ne l'avait jamais tenue dans ses bras, et c'était la première fois qu'elle éprouvait une telle impression de sécurité et de protection.

Ils chevauchaient en silence, quand tout à coup le comte remarqua :

– Vos cheveux sentent la violette.

– Je les lave avec une lotion aux herbes que maman préparait elle-même, répondit Pandora. Il y avait beaucoup de violettes au printemps dans le jardin du presbytère, et maman en extrayait le parfum.

Tout en parlant, elle repensait au parfum capiteux, entêtant de Kitty, et elle se demanda lequel des deux préférait le comte.

Il ne dit rien de plus, et Pandora s'aperçut qu'ils avaient quitté la route et qu'ils traversaient les champs en bordure du parc.

– Nous arrivons dit-elle, et l'argenterie est sauvée. Si demain matin en me réveillant j'avais constaté sa disparition, j'aurais pleuré toutes les larmes de mon corps!

Le comte ne répondit pas et, au bout d'un instant, elle reprit d'une voix hésitante :

– Et vous... auriez-vous eu de la peine? Elle vit ses lèvres esquisser un sourire.

– Je comprends ce que vous voulez dire, et en temps ordinaire je vous aurais sûrement répondu par quelque sarcasme! Mais étant donné le drame que vous venez de vivre, je vous dois des ménagements, aussi je vous réponds : oui, j'aurais eu de la peine!

Pandora poussa un petit soupir.

– Je le savais...

– Il y a une chose que je déteste profondément, déclara le comte, et ce sont les femmes qui disent : j'en étais sûre!

Cependant sa voix n'était pas agressive.

– Je ne pensais pas à cela, répliqua Pandora. Je désire seulement... que vous aimiez Chart.

Pendant qu'ils parlaient, le château apparut au-dessous d'eux dans la vallée, d'une beauté saisissante dans le clair de lune qui le parait de reflets d'argent. Pandora s'écria :

– Il est à vous... tout est à vous ici.

Instinctivement, le comte la serra plus fort, comme si cette étreinte était la seule réponse qu'il pût lui donner.

Elle n'avait jamais été aussi proche de lui, et une sensation étrange, inexprimable, envahit son être tout entier. C'était un sentiment merveilleux, proche de l'extase, qu'elle n'avait jamais connu auparavant, un sentiment aussi éblouissant que le clair de lune.

Puis le comte poussa son cheval et ils se dirigèrent à toute allure vers Chart Hall.

De retour dans sa chambre, Pandora eut l'impression d'avoir vécu un rêve étrange.

Il lui parut presque impossible que tant de choses se fussent passées en si peu de temps, c'est-à-dire depuis qu'elle avait quitté son lit pour contempler le clair de lune.

En arrivant, le comte avait insisté pour lui faire boire quelque chose, mais elle avait refusé.

– Eh bien, allons nous coucher, dit-il. Vous devez être fatiguée après toutes ces aventures.

– Il faut que vous dormiez vous aussi, répondit-elle aussitôt.

– J'ai l'habitude des nuits blanches.

Ils étaient dans le hall. Le comte ne semblait pas prêter attention à ce qu'elle lui disait, mais il la contemplait avec un regard qu'elle ne lui connaissait pas.

Le vieux Burrows avait ouvert la porte et les attendait. Il avait été réveillé par le palefrenier, revenu pour délivrer le pauvre valet de pied toujours ligoté.

– J'ai préparé des boissons et une collation dans le petit salon, M'Lord, dit Burrows calmement avec son habituelle discrétion.

– Merci, répondit le comte. Comment vont les gardiens de nuit ?

– Ils sont encore sous l'effet du choc, M'Lord, mais à part une forte migraine, ils n'ont rien de cassé.

– Tant mieux, je me sens soulagé, s'exclama le comte.

Pandora avait déjà gravi les trois premières marches du grand escalier quand elle s'arrêta, la main posée sur la rampe, pour écouter la réponse de Burrows.

Debout, au pied de l'escalier, le comte la regardait monter.

– Je suppose que je dois vous remercier. Si vous n'étiez pas intervenue et si vous n'aviez pas risqué votre vie, non seulement ils auraient pris l'argenterie, mais certainement beaucoup d'autres choses encore.

– Si vous me remerciez, il faudra que je vous rende la pareille pour m'avoir porté secours.

– Dans ce cas, je vous dis seulement : allez au lit et oubliez tout cela, répliqua le comte en souriant, et rappelez-vous que de tels incidents ne sont pas prêts de se reproduire.

– Je l'espère bien!

Puis elle se souvint du duel qui approchait :

– Vous serez très prudent... Il faut me le promettre!

Elle avait lu dans ses yeux qu'il avait compris l'allusion, et il répondit avec cynisme :

– Beaucoup de gens seraient sans doute ravis d'apprendre que j'ai été tué par sir Gilbert.

– Ne parlez pas ainsi... cela... porte malheur.

– Je vous l'ai dit – il ne me fait pas peur.

– On ne doit jamais sous-estimer un ennemi!

– Non, vous avez raison! Et puisque vous me le demandez, je ferai attention.

– Je vous en prie... Prenez garde à vous!

Leurs yeux se rencontrèrent, et pendant un instant, le temps s'arrêta pour eux.

Puis, intimidée car elle venait de prendre conscience qu'elle n'avait pour tout vêtement que sa chemise de nuit, et que ses cheveux dénoués tombaient sur ses épaules – Pandora, tournant prestement les talons, monta dans sa chambre.

A sa grande surprise, une fois dans son lit, la jeune fille s'endormit dès que sa tête eut touché l'oreiller.

Elle avait cru que la terrible mésaventure dont elle avait été victime l'empêcherait de trouver le sommeil. Mais son corps était affreusement meurtri par les secousses de la voiture, et tellement que le seul fait de se retourner la réveilla brusquement. Elle s'aperçut alors que son bras était douloureux.

« Mme Meadowfield me donnera bien une pommade pour me soulager », se rassura-t-elle.

Le moindre mouvement de ses jambes lui causait

une douleur, car les objets contenus dans les sacs avaient contusionné profondément sa chair.

Puis, soudain, elle se rendit compte qu'elle s'était endormie, que c'était le matin, et que le comte allait se battre en duel.

Elle s'assit dans son lit et vit de la lumière derrière les rideaux.

– C'est déjà l'aube, murmura la jeune fille.

Elle se leva avec l'impression que son corps allait se briser et souleva un des rideaux.

Les premiers rayons d'un soleil doré brillaient à l'est. Au-dessus d'elle, le ciel avait encore sa couleur pourpre, mais les étoiles pâlissaient.

« Il doit être 5 heures », pensa-t-elle, mais après avoir jeté un coup d'œil à la pendule de la cheminée, elle s'aperçut qu'il était la demie passée.

Pandora regarda par la fenêtre. Il n'y avait personne en vue. Elle n'ignorait pas que les femmes n'assistaient jamais aux duels, mais celui-ci était exceptionnel : elle en était la cause.

« Je me cacherai, mais il faut que je sache ce qui va se passer », se dit-elle.

Elle s'habilla rapidement, puis décida qu'on la remarquerait moins si elle mettait sur sa robe d'été claire, la cape verte qu'elle portait à son arrivée à Chart Hall.

Enfin prête, elle retourna attendre à la fenêtre.

Environ dix minutes plus tard, le comte, accompagné de Freddie et Richard, sortit par une porte latérale située juste à côté de la bibliothèque. Il avait évité l'entrée principale pour ne pas donner l'alarme au domestique de service.

Ils traversèrent la cour d'honneur sous la fenêtre de Pandora, qui leur trouva beaucoup d'allure.

Le comte, encadré par ses deux amis, parut aux yeux de la jeune fille de ces hommes que l'on remarque où qu'ils aillent.

« C'est un Chart! » pensa-t-elle avec fierté, et elle se dit qu'il aurait certainement ri de sa remarque.

Comme ils atteignaient le mont, elle vit s'avancer un phaéton et devina que sir Gilbert arrivait.

Brusquement, une horrible angoisse l'envahit qui balaya toutes ses autres pensées. Un duel allait avoir lieu à cause d'elle!

Pandora traversa la chambre en courant et dévala les escaliers jusqu'à une porte dérobée.

Les duelistes se dirigeaient vers une clairière à gauche du pont qui servait autrefois de « boulingrin » (1).

Elle était maintenant laissée à l'abandon, mais les jardiniers continuaient à tondre l'herbe comme par le passé. Un peu à l'écart de la propriété et dissimulée par des arbustes, c'était l'endroit rêvé pour un duel.

Aucun des trois hommes, pas plus que sir Gilbert qui les suivait, ne pouvait voir Pandora traverser le pont.

Comme elle connaissait très bien le chemin, elle se cacha derrière les arbres jusqu'à ce qu'elle entendît des voix.

Alors, marchant avec d'infinies précautions, elle écarta les branches et découvrit les témoins au milieu du terrain, ainsi que sir Edward Trentham avec un autre homme.

Sir Gilbert avait dû amener un de ses amis comme arbitre. Dès que Pandora fut à portée de voix, elle l'entendit compter :

– Cinq... six... sept.

Le comte partit d'un côté, sir Gilbert de l'autre.

– Huit... neuf... dix!

(1) Boulingrin : déformation du mot anglais « Bowling Green » qui désigne un terrain servant de jeu de boules.

Les deux hommes se retournèrent et firent feu en même temps. Il était impossible de savoir exactement lequel des deux pistolets était parti le premier.

Pendant un instant, une sorte de vertige brouilla la vision de Pandora, et il lui fut difficile de savoir ce qui s'était passé.

Le comte porta la main à sa tête et s'écroula sur le sol. Elle poussa un petit cri et, traversant précipitamment le bosquet, courut à lui. Freddie était déjà à ses côtés.

Le comte gisait sur l'herbe et elle pouvait voir le sang couler de sa tempe. Pendant une seconde terrible, Pandora le crut mort.

– La blessure est superficielle, murmura Freddie avec soulagement.

Tandis que la sensation d'horreur s'évanouissait, Pandora prit conscience qu'elle l'aimait. Tout se mélangeait dans son esprit, son amour, la peur qui s'était emparée d'elle, et le soulagement qu'elle avait éprouvé aux paroles de Freddie.

Elle passa son bras sous la tête de son cousin et la pressa contre sa poitrine. Richard arriva en courant.

– Gilbert a été touché au bras. Il faudrait un médecin.

– Nous devons ramener Norvin à la maison, fit Pandora.

– Naturellement, acquiesça Freddie. Nous allons le porter.

– Je crois qu'il vaudrait mieux que nous l'étendions sur une barrière.

Elle se rappela que son père faisait toujours ainsi lorsqu'il se produisait des accidents de chasse.

– C'est une bonne idée, assura Richard, mais où y en a-t-il?

Pandora réfléchit rapidement.

– Là, derrière les arbres, fit-elle en désignant l'extrémité du boulingrin. Il y a une barrière à l'entrée du verger.

Freddie et Richard s'éloignèrent rapidement sans ajouter un mot, et Pandora essaya d'étancher le sang qui continuait à couler sur les joues du comte. Cela faisait une tache sombre sur sa chemise et la peur qu'il fût mortellement blessé la transperça cruellement.

Ce n'était rien d'extraire une balle dans un bras, mais une blessure à la tête pouvait être très grave. Et les médecins étaient sans ressource en ce qui concernait les lésions du cerveau.

Pour se rassurer, tout en essuyant le visage du comte, elle se dit que la balle ne s'était pas logée dans la tête, mais avait effleuré la tempe et s'était perdue dans les cheveux.

« Sir Gilbert savait ce qu'il faisait, pensa-t-elle. Il a visé la tête. En tant que tireur expérimenté, il ne pouvait manquer le bras gauche du comte et si la balle est passée si haut, c'est parce qu'il l'a voulu. »

C'est alors qu'elle vit sir Gilbert se diriger vers elle en chancelant, son bras blessé passé autour des épaules de sir Edward Trentham. Sur le mouchoir noué autour de sa plaie, le sang s'étalait déjà en une large tache pourpre.

– Norvin n'a rien, j'espère? demanda-t-il lorsqu'il fut près de Pandora.

Elle lui jeta un regard furieux.

– Vous avez essayé de le tuer, dit-elle d'un ton accusateur. Vous êtes trop bon tireur pour l'avoir touché à la tête par hasard.

A l'expression de sir Gilbert, elle sut qu'elle avait dit la vérité.

– Quelle est cette affirmation stupide... commença-t-il, mais sir Edward l'interrompit :

– Ce n'est pas ton habitude, Gilbert, d'être si maladroit.

– Pandora a raison, s'exclama Clive qui avait tout entendu, et par Dieu, si jamais il arrive malheur à Norvin, je te jure que tu seras pendu.

– Vous êtes tous complètement fous, répondit aigrement Gilbert. Emmène-moi, Edward. Je ne peux plus supporter ces accusations absurdes.

– Sont-elles vraiment si absurdes? demanda sir Edward en aidant sir Gilbert à se mettre en route.

– Qu'il soit damné, s'écria Clive. On m'avait dit que c'était un assassin, mais c'est la pure vérité!

Il s'agenouilla auprès du comte.

– Ce n'est pas très grave, n'est-ce pas?

– J'espère que... non, répondit Pandora d'une voix mal assurée.

Elle le soutenait toujours et tentait d'arrêter l'hémorragie avec le mouchoir de Clive, car le sien était trempé.

Freddie et Richard revinrent avec la barrière. Très doucement, ils y déposèrent le comte et les trois hommes l'emportèrent vers le château.

Pandora les précédait en courant.

– Prenez la porte principale, fit-elle. Ce sera plus facile par le grand escalier. Je passe devant pour voir si sa chambre est prête et j'enverrai un domestique chercher un docteur.

Elle courut aussi vite qu'elle le put et trouva la porte d'entrée ouverte, ainsi que deux servantes en train de nettoyer l'escalier, la tête protégée par une charlotte.

A son grand soulagement, Pandora aperçut Mme Meadowfield dans le hall.

– Sa Seigneurie a été blessée, déclara Pandora à bout de souffle.

– M. Burrows était sûr qu'il se passait quelque

chose d'anormal, s'écria Mme Meadowfield. Qu'est-il arrivé?

– Il a été touché à la tête dans un duel, expliqua la jeune fille. Envoyez immédiatement quelqu'un prévenir le Dr Graham.

– Bien sûr, mademoiselle, s'empressa Mme Meadowfield. Il fera ce qu'il faudra.

Pandora fut bien aise de voir arriver le médecin une heure plus tard. Elle ne s'était pas changée depuis le retour du comte, sa robe de çoton était tachée de sang, mais elle n'avait pas l'intention de faire quoi que ce soit avant d'avoir l'avis du docteur.

Son attente lui parut durer des siècles, et pendant ce temps elle prit réellement conscience de ce que représentait le comte pour elle, et de tout ce qu'elle éprouvait pour lui.

« C'était inévitable, se dit-elle. Il est tellement différent des autres hommes que j'ai connus. »

De plus, il était de son sang, et faisait partie de ce qui était le plus cher à son cœur. Il était donc inévitable qu'elle tombe amoureuse de lui comme n'importe quelle écolière romanesque.

« Je suis folle, pensa-t-elle. Kitty et toutes ces autres femmes fascinantes lui apportent cette gaieté et cet amusement qu'il aime tant. En aucun cas il ne jettera les yeux sur une fille comme moi. »

Mais tandis qu'elle attendait dehors dans le couloir, la seule idée que Kitty dormait tout près de lui dans la chambre de sa grand-mère lui causa une souffrance qui ressemblait fort à de la jalousie.

« Comment puis-je être aussi absurde, aussi idiote? se demanda-t-elle. Demain je dois retourner à Lindchester et il se peut très bien que je ne le revoie jamais ou qu'il n'ait plus aucune envie de me rencontrer. »

Cette idée lui parut épouvantable, puis elle se dit

que ses sentiments étaient sans importance. Il fallait qu'il se rétablisse et qu'il ne souffre pas de la trahison de sir Gilbert.

Le Dr Graham sortit de la chambre et Pandora se précipita sur lui.

– Alors... Docteur? Est-ce grave? A-t-il des chances... de guérir?

Les questions se bousculaient sur ses lèvres. Le Dr Graham passa son bras autour des épaules de la jeune fille.

– Vraiment, Pandora, je ne vous reconnais plus! Vous qui avez toujours été si courageuse et si raisonnable!

– Oui, je sais, admit Pandora, mais c'est...

– C'est ennuyeux, je l'avoue, termina le docteur, mais je pense qu'avec des soins attentifs il n'y aura pas de complications et que Sa Seigneurie sera bientôt sur pied.

– Vous le pensez vraiment? demanda Pandora en retenant son souffle.

– Vous avez toujours eu confiance en moi dans le passé, répliqua le Dr Graham.

– Et je continue à vous faire confiance, assura Pandora. Je suis si contente que vous soyez là.

– Votre cousin a besoin d'une surveillance étroite pendant les quarante-huit heures qui viennent. Il risque d'avoir une grosse fièvre et il se peut même qu'il délire. Il faudra simplement veiller à ce qu'il ne fasse aucune imprudence. Je reviendrai plus tard.

– Je prendrai soin de lui, affirma Pandora.

– Je n'en doute pas, dit le docteur en souriant. J'ai pu juger de vos capacités lorsque votre père était resté alité à la suite d'un accident de chasse. Et de tout temps, vous et votre mère vous êtes dépensées sans compter pour les gens du village.

– Il faut que vous me disiez ce que je dois faire.

– J'ai donné mes instructions à Mme Meadowfield. Vous n'aurez qu'à vous relayer à son chevet. Je crois que vous pouvez faire confiance à son valet de chambre, qui m'a paru être un garçon très débrouillard.

Pandora garda le silence un instant, puis elle demanda :

– Pensez-vous que cette... blessure puisse affecter... son cerveau ?

– Cela me paraît tellement improbable que je crois inutile de s'en inquiéter.

Il marqua une pause avant d'ajouter :

– Tout de même, je me pose des questions au sujet de l'homme qui a tiré sur Sa Seigneurie : ou il n'avait aucune expérience, ou il avait bel et bien l'intention de commettre un crime.

– C'est tout à fait mon avis, répondit Pandora.

– Pourquoi diable ces jeunes gens risquent-ils aussi bêtement leur vie ? demanda le Dr Graham. Je suppose que c'est une façon honorable de trancher un litige. Mais, de par ma profession, je constate souvent que nous ne sommes pas beaucoup plus avancés qu'au temps des arcs et des flèches. Et c'est tout de même dommage !

Pandora s'efforça de rire. Elle était habituée aux boutades du docteur.

Arrivés en haut de l'escalier, il tapota l'épaule de la jeune fille.

– Maintenant, allez vite changer de robe et prenez un peu de repos. Vous pouvez sans crainte abandonner le comte aux mains de Mme Meadowfield pendant une heure ou deux.

Il jeta un regard à la pendule du hall au-dessous d'eux.

– Je serai là vers midi, mais je doute qu'il y ait

beaucoup de changement d'ici là, aussi ne vous tracassez pas.

– J'essaierai!

Le médecin sourit à Pandora :

– A la bonne heure! Je retrouve la digne fille de votre mère.

Après son départ, Pandora courut jusqu'à la chambre du comte. Elle entra doucement et trouva Mme Meadowfield en train de mettre de l'ordre.

Le médecin lui avait bandé la tête et il était toujours couché sur le dos, les yeux clos, tel qu'il était au moment où on l'avait amené, mais encore un peu plus pâle.

« Pourvu que le docteur ne se soit pas trompé, et qu'il n'y ait pas quelque chose de grave », pria-t-elle du fond de son cœur.

« Je vous aime, murmura-t-elle, je vous aime et il faut vous dépêcher de guérir car Chart Hall a besoin de vous! »

6

Pandora changea de robe, mais contrairement à ce que lui avait suggéré le docteur, elle ne se reposa pas. Elle descendit dans la salle à manger où elle était sûre de trouver les amis du comte en train de prendre leur petit déjeuner.

Ils se levèrent à son entrée, et Burrows s'empressa de lui présenter les plats. Elle n'avait pas faim, mais elle accepta de manger un peu.

Quand les domestiques eurent quitté la pièce, Freddie demanda d'une voix anxieuse :

– Qu'a dit le médecin?

– Il a dit, répondit Pandora en pesant soigneusement ses mots, que Norvin devait être attentivement surveillé, et qu'il devait observer un... repos... complet... pendant quelques jours.

Elle regarda Freddie dans les yeux, et il comprit immédiatement ce qu'elle sous-entendait.

– Nous partirons avant le déjeuner.

– Ce qui veut dire, dès que nous aurons réussi à tirer les femmes du lit, et qu'elles auront fait leurs bagages, fit remarquer Richard.

Freddie soutint de nouveau le regard de Pandora et, au bout d'un moment, il déclara en se tournant vers Richard :

– Qui va emmener Kitty?

– Tu crois qu'elle va accepter de s'en aller? fit Richard.

– De toute façon, il faut qu'elle retourne à Londres pour les répétitions. Elle ne va pas abandonner son rôle dans *L'Opéra de Quatre Sous*.

– C'est Ellison qui remonte cette vieille pièce? questionna Clive.

– Elle a toujours beaucoup de succès, répliqua Freddie, et avec Mme Vestris en pantalon dans le rôle du capitaine Macheath, comment pourrait-il en être autrement?

Pandora écoutait et trouvait extraordinaire qu'une femme pût apparaître au public habillée en homme. Elle se demanda ce que dirait Prosper Witheridge s'il apprenait qu'une de ces actrices qu'il abhorrait, non seulement montait sur scène, mais en plus sans même porter une jupe!

Son expression devait traduire ses pensées, car Freddie déclara en souriant :

– Vous n'êtes pas la seule à être scandalisée. Nombre de femmes manquent s'évanouir, lorsqu'elles voient Mme Vestris et Kitty se pavaner en pantalon.

– Je dois vous paraître vieux jeu, dit Pandora.

Elle se leva et, arrivée à la porte, se retourna en s'adressant à Freddie :

– Vous parlerez à Mlle King... au sujet... de Norvin ?

A son expression elle s'aperçut qu'il n'avait pas l'air enchanté, mais il répondit avec un sourire :

– Je lui parlerai, mais c'est tout de même incroyable ! Chaque fois qu'il y a une sale besogne à faire, c'est toujours moi qui en hérite !

Pandora entendit les autres hommes le taquiner pendant qu'elle se précipitait dans l'escalier.

En entrant dans la chambre, elle fit signe à Mme Meadowfield de la rejoindre dans le couloir. Elles purent ainsi parler sans être obligées de trop baisser la voix.

– Les invités partiront dès que leurs bagages seront prêts, dit Pandora.

– Voilà une bonne nouvelle, mademoiselle Pandora, s'écria Mme Meadowfield. Personne ne doit déranger Sa Seigneurie, n'est-ce pas ?

– Non, bien sûr que non, assura la jeune fille, et je pense, madame Meadowfield, que les tabatières, négligées pendant votre absence, ont grand besoin d'être nettoyées.

Elle n'eut pas besoin d'en dire plus : l'expression qui se peignit sur le visage de Mme Meadowfield lui montra qu'elle avait parfaitement compris. Pendant que la gouvernante descendait en hâte les escaliers, elle ouvrit la porte de la chambre du comte. Il était toujours couché comme elle l'avait laissé, mais sa figure paraissait encore plus pâle et le sang commençait à tacher le pansement immaculé que le docteur avait enroulé autour de sa tête.

Elle s'assit près du lit.

Comment ai-je pu, se demanda-t-elle, donner mon cœur en si peu de temps à cet homme que mon oncle, l'évêque de Lindchester, considère comme un dépravé, comme un envoyé du démon?

Elle comprenait ce qu'il avait dû ressentir en voyant mourir son père parce que les Chart avaient refusé de l'aider. Elle comprenait aussi la haine farouche de son grand-père envers celui qui allait prendre la place de son bien-aimé fils George.

Elle essaya d'imaginer ce qu'avait fait le comte à Londres après avoir hérité de son énorme fortune : s'il s'était décidé à la gaspiller, c'était bien parce qu'il détestait les Chart.

Il lui suffisait de penser à Kitty dormant à côté pour deviner qu'il s'était instinctivement tourné vers des femmes scandaleuses et immorales, des femmes – comme disait sa tante – en compagnie desquelles aucun homme digne de ce nom ne voudrait être vu.

Résolu à choquer les gens en menant une vie dissolue, il avait pleinement réussi, et cependant ce n'était pas Kitty King la cause de sa blessure en duel, mais bel et bien Pandora.

Comme si de penser à Kitty suffisait à la faire apparaître, la jeune fille entendit une voix furieuse dans le couloir. Un instant plus tard, on frappa bruyamment à la porte.

Pandora se hâta d'ouvrir, et trouva Kitty en grande conversation avec Freddie, ce dernier essayant visiblement de l'empêcher d'entrer dans la chambre du comte.

– Tu ne m'empêcheras pas de le voir, cria-t-elle très en colère. (Et elle ajouta, en apercevant la jeune fille :) Ni vous non plus, la soi-disant cousine aux airs de Sainte-Nitouche!

Pandora referma la porte et s'adossa contre elle.

Sur sa chemise de nuit, Kitty ne portait qu'un

élégant saut-de-lit garni de dentelles, et n'avait ni poudre, ni mascara.

Malgré cela, avec ses cheveux roux en désordre et ses lèvres sans maquillage, elle était très séduisante. Certes, sa peau couperosée gardait les marques de ses excès et des cernes creusaient ses yeux, mais elle était encore remarquablement belle, et l'on comprenait que le comte se fût amouraché d'elle.

Calmement, Pandora dit à voix basse :

– Vous a-t-on dit que mon cousin avait été blessé au cours d'un duel? Sir Gilbert l'a touché à la tête et le docteur lui a prescrit un repos complet.

– Je ne vous crois pas, aboya Kitty. C'est encore une de vos manigances pour m'éloigner de lui.

– Vous allez le voir vous-même, répondit Pandora. Mais je vous en supplie, si vous avez le moindre sentiment pour lui, ne parlez pas et ne faites pas de bruit.

Elle pensa que Kitty allait répondre quelque chose de désagréable, mais elle n'en eut cure. Elle ouvrit la porte, pénétra dans la chambre obscure, et Kitty la suivit jusqu'au grand lit à colonnes où avaient dormi tous les chefs de famille depuis le règne de Charles II.

Il était si haut que les plumes d'autruche ornant les colonnes sculptées touchaient presque le plafond, et l'on distinguait, sur fond de velours, le blason des Chart avec ses innombrables armoiries.

Kitty s'approcha du lit, et, pour une fois, parut décontenancée. Elle regarda fixement le comte pendant quelques secondes, puis elle tourna les talons et sortit.

Freddie attendait dans le corridor.

– Est-ce qu'il va mourir? demanda Kitty tout de go.

– Nous espérons bien que non.

– J'ai l'impression qu'il est loin d'être guéri.

– C'est bien possible, acquiesça Freddie.

– Je pense qu'il vaudrait mieux que je retourne à Londres.

– Ce serait sage, et comme je te l'ai déjà dit, il faut que tu penses aux répétitions.

Kitty réfléchit, puis elle se décida et jeta un regard à Pandora.

– Très bien, fit-elle avec rudesse. Vous avez gagné! Mais je ne partirai pas d'ici sans argent. Dieu sait comment je vais m'en tirer jusqu'à ce qu'il aille mieux.

Pandora, perplexe interrogea Freddie du regard. Celui-ci haussa les sourcils avec une expression qui signifiait qu'elle ne se débarrasserait pas de Kitty tant qu'elle ne lui aurait pas accordé ce qu'elle demandait.

– Combien... combien... voulez-vous? s'enquit Pandora.

– Le plus possible, répliqua Kitty; au moins cent livres.

– Cent livres?

Cela lui parut énorme, et elle se dit qu'elle ne pourrait jamais, même avec la meilleure volonté du monde, réunir une telle somme.

Puis elle se rappela que Michael Farrow, maintenant régisseur, pouvait retirer de l'argent sur le compte de la propriété. Elle eût également voulu débattre de la somme mais elle abandonna cette idée, sachant que ce serait en vain.

– Je vais voir si cette somme est disponible, répondit-elle sèchement. Pendant ce temps voulez-vous préparer vos bagages?

– Vous vous prenez pour la châtelaine à présent, n'est-ce pas? ricana Kitty. C'est bien, profitez-en pendant qu'il est trop faible pour dicter ses volontés. Il me reviendra dès qu'il aura posé le pied sur le sol. Ne vous faites pas trop d'illusions!

Sur ces mots, elle entra dans sa chambre et claqua la porte derrière elle.

– Comment allez-vous réussir à trouver cent livres? demanda Freddie. Cela peut paraître une question stupide dans un pareil moment, mais je sais qu'elle ne partira pas sans cela.

– Je m'arrangerai, dit Pandora.

Elle retourna dans la chambre du comte et sonna le valet de chambre. Il se présenta aussitôt. Tout comme au Dr Graham, il lui fit l'effet d'être un homme intelligent.

– Pourriez-vous aller chercher M. Michael Farrow? Il doit être dans le bureau. Sinon, envoyez quelqu'un à sa recherche. Il faut que je lui parle immédiatement.

– Très bien, mademoiselle.

Ses yeux se tournèrent vers le lit:

– Sa Seigneurie va mieux?

– Je l'espère. De toute façon, nous ne pouvons rien faire de plus avant le retour du Dr Graham vers midi.

– C'est bien ce que j'avais compris, fit le valet de chambre. Puis-je vous apporter quelque chose, mademoiselle?

– Non, merci, je n'ai besoin de rien pour le moment.

Après son départ, Pandora revint s'asseoir auprès du lit. Les paroles de Kitty résonnaient encore à ses oreilles, et au fond de son cœur elle était certaine que l'actrice avait raison.

Lorsqu'il irait mieux, le comte retournerait à Londres ou ferait revenir Kitty au château.

– Elle est jolie, soupira Pandora, et quand elle n'a pas bu, elle dégage une joie de vivre capable d'amuser et de fasciner n'importe quel homme. Comment pourrais-je me comparer à elle?

Elle connaissait peu de chose des hommes et était totalement ignorante des plaisirs de Londres. Elle était sûre que pour quelqu'un comme le comte, la capitale était beaucoup plus attrayante que tout ce que pouvait lui offrir Chart.

Bien qu'il lui en coutât de regarder la vérité en face, elle devait néanmoins s'y résoudre.

Elle avait réussi à l'intéresser pendant une journée à ce qui se passait dans le grand domaine, mais Pandora n'avait pas oublié son étonnement quand elle lui avait dit son espoir de le voir s'installer définitivement à la campagne.

Comment pouvait-il ressentir ce qu'elle éprouvait pour Chart? Ou se contenter de monter à cheval et d'aller à la chasse comme le faisait son père?

Ses yeux s'attardèrent sur le comte, toujours inconscient sur le lit. Elle aurait voulu tomber à genoux pour lui demander d'essayer de comprendre Chart et de l'aimer.

Mais il se sentirait très seul, même à Chart. Il lui faudrait quelqu'un, et ce quelqu'un ne pouvait être que Kitty ou une femme dans son genre.

Elle entendit un léger coup frappé à la porte et le valet de chambre entra.

– M. Farrow est en bas dans le petit salon, mademoiselle.

– Voulez-vous rester auprès de Sa Seigneurie? demanda Pandora. Je ne serai pas longue.

– Vous pouvez être tranquille avec moi, mademoiselle. Prenez votre temps.

– Je sais, assura Pandora.

Elle traversa le couloir en courant et descendit rapidement le grand escalier.

Michael Farrow se tenait près de la cheminée. Grand, solide, il inspirait confiance.

– Je suis désolé d'apprendre ce qui s'est passé, mademoiselle Pandora. Comment va Sa Seigneurie?

– Le Dr Graham dit qu'il sera sur pied dans quelques jours, mais c'est effrayant de le voir si calme et silencieux.

– Je comprends, compatit Michael Farrow.

– J'ai voulu vous voir pour deux raisons, déclara Pandora. La première, c'est que j'ai besoin de cent livres immédiatement.

– Immédiatement? s'enquit Michael Farrow manifestement surpris. (Puis il comprit et ajouta vivement :) Je vais faire mon possible, mais je n'aurai pas le temps d'aller à la banque de Lindchester.

– Alors empruntez-les à qui voudra bien vous les prêter, et remettez-les à Mlle King.

– C'est entendu, mademoiselle.

– Quant à la deuxième chose, continua Pandora, elle concerne votre père. J'aimerais, s'il le peut, qu'il aille fermer la maison à Londres.

De nouveau, elle lut l'étonnement dans les yeux de Michael Farrow, et elle s'expliqua :

– Comme vous avez déjà pu vous en rendre compte, les choses disparaissent, sitôt qu'elles ne sont pas surveillées comme il le faudrait. Le comte est malade, et de toute façon c'est la fin de la Saison.

Elle reprit sa respiration et poursuivit :

– Je prends sur moi de demander à votre père de renvoyer les domestiques qui n'étaient pas au service de mon grand-père et d'établir la liste de tout ce qui manque avant leur départ.

Elle ne dit pas ouvertement ce qu'elle pensait à Michael Farrow. Cependant, elle était persuadée que, profitant de l'absence du comte, Kitty ne se gênerait pas pour faire main basse sur les objets de valeur qui lui plairaient – comme les tabatières.

Michael Farrow se tut pendant un moment, puis il déclara :

– Je suis en train de me demander, mademoiselle Pandora, si vous seriez d'accord pour que mon père emmène M. Winslow avec lui pour faire l'inventaire ?

– M. Winslow ?

Puis elle se rappela qu'il avait été directeur de la grande école de Lindchester avant de se retirer au village. Ses parents le considéraient comme un homme très intelligent.

– Il a souvent confié à mon père qu'il s'intéressait beaucoup à l'histoire de Chart Hall et aux collections de la famille.

Les yeux de Pandora s'éclairèrent. Elle avait peut-être enfin trouvé le conservateur qu'elle cherchait.

Elle approuva sans réserve la suggestion de Michael Farrow, et avec le sentiment du devoir accompli, elle retourna dans la chambre de son cousin.

Le Dr Graham arriva vers midi et ne constata aucun changement dans l'état du malade. En redescendant avec lui, Pandora s'aperçut que tous les invités étaient dans le hall prêts à partir. Les phaétons attendaient dehors, et l'on attachait les bagages à l'arrière.

Comme à leur arrivée les actrices portaient des manteaux voyants et des chapeaux ornés de plumes. Elles formaient un tableau haut en couleurs qui semblait une atteinte à la dignité et au bon goût du majestueux Chart Hall.

Instinctivement Pandora s'arrêta en les voyant. Elle était prête à remonter, mais le docteur continua à descendre les marches et elle se sentit obligée de l'accompagner.

– Ah ! Pandora, justement nous vous attendions

pour vous faire nos adieux, dit Freddie en s'écartant des actrices qui caquetaient, mais on nous a dit que le médecin était avec vous.

– Il s'en va, répondit Pandora.

Elle présenta Freddie au Dr Graham. Le jeune homme lui dit :

– J'espère que Sa Seigneurie sera bientôt guérie. Je suis sûr que si vous avez besoin d'un autre avis, vous n'hésiterez pas à vous adresser à un professeur de Londres.

– J'y ai pensé, répondit le Dr Graham, et j'ai l'intention d'en discuter avec Mlle Stratton.

– Alors, je suis certain que mon ami est entre de bonnes mains, conclut Freddie.

Caro et les jeunes gens vinrent dire au revoir à Pandora. Seules Kitty et Hettie qui chuchotaient dans un coin lui jetèrent un regard dépourvu d'aménité. Elle sentait bien que Kitty la soupçonnait d'avoir des visées sur le comte.

Cette dernière s'adressant à Pandora lança d'une voix criarde :

– Vous pourrez dire à Norvin, dès qu'il sera en état de l'entendre, que je l'attends, et que s'il tarde trop, il sera trop tard.

– Ce n'est pas un message très encourageant pour quelqu'un qui est malade, protesta Lettie.

Kitty releva la tête.

– Norvin sait bien qu'il n'est pas le seul galet sur la plage.

– Oui, mais tous les galets ne sont pas aussi généreux.

Bien qu'Hettie eût prononcé ces derniers mots à voix basse, Pandora les entendit.

Kitty redressa la tête une fois de plus, faisant danser les plumes d'autruche de son chapeau.

– Je n'ai pas l'intention de jouer les veuves éplorées, et je vous conseille de faire entrer cette idée dans la tête du comte, ajouta-t-elle d'un air furieux en regardant Pandora.

Puis, sans attendre la réponse, elle traversa le hall et grimpa dans le phaéton, qui heureusement, était assez large pour contenir trois personnes.

– Nous allons faire la course, cria Caro. Je parie dix guinées qu'avec Richard nous serons à Tyburn Hill avant vous.

– Pari tenu, hurla Kitty. Dix guinées et un souper au champagne.

– Nous gagnerons! dit Lettie à Clive.

– Les chevaux de Freddie sont plus rapides que les miens, fit remarquer Clive.

– Mais ils sont trois dans le phaéton et Kitty a plus de bagages que nous tous réunis.

– Ça va être une sacrée course, fit Clive, mais ne comptons pas trop sur les guinées tant qu'elles ne seront pas dans notre poche.

– Allons-y, ne perdons pas de temps, glapit Caro, et au milieu des cris d'encouragement et des hurlements, les chevaux prirent le galop.

Lorsque le dernier phaéton eut traversé le pont, Pandora poussa un profond soupir de soulagement.

Le médecin, au lieu de partir, se dirigea vers le petit salon.

– Je voudrais vous dire un mot, Pandora, fit-il.

Elle le suivit dans cette pièce où elle avait rencontré le comte pour la première fois, et elle le revit, affalé dans le fauteuil de son grand-père, un pied passé par-dessus l'accoudoir.

Comment aurait-elle pu deviner, comment aurait-elle pu savoir qu'elle tomberait amoureuse de lui?

– Et maintenant Pandora, commença le Dr Graham, je pense qu'il vaudrait mieux me dire ce que vous avez l'intention de faire.

Elle parut surprise de sa question.

– Je veux rester... ici et... soigner mon cousin, répondit la jeune fille.

– Toute seule, sans chaperon?

– Je suppose qu'on peut difficilement considérer les femmes qui viennent de partir comme des chaperons.

– Je me demande ce que penserait votre mère de votre présence dans cette maison.

– Je n'avais pas le choix, lui confia Pandora à voix basse. Oncle Augustus voulait me faire épouser son chapelain.

– Prosper Witheridge? demanda le docteur.

– Vous le connaissez?

– Je l'ai rencontré une ou deux fois à Lindchester.

– Alors vous savez à quoi il ressemble, dit Pandora. Il est horrible et je le déteste. Comment pourrais-je envisager une seconde de me marier avec un homme pareil?

– Et vous avez demandé à votre cousin de vous éviter cette union?

– Je savais que si je demeurais ici, Prosper Witheridge serait scandalisé et qu'il retirerait sa demande. C'est exactement ce qui s'est passé.

– Enfin, aux grands maux les grands remèdes, remarqua le Dr Graham. Mais que pense l'évêque de tout cela?

– Oncle Augustus ne revient de Londres qu'aujourd'hui, murmura Pandora.

Le docteur garda le silence. Elle reprit :

– Je suppose qu'il va venir et m'ordonnera de retourner chez lui. Dans ce cas, voulez-vous... voulez-vous lui dire que l'on a... besoin de moi ici?

Il se mit à faire les cent pas puis se décida enfin à parler :

– Très franchement, Pandora, je ne sais comment

répondre à cette question. Je connais la réputation du comte à Lindchester, et naturellement dans le village de Chart.

– Tout va aller mieux maintenant.

Le vieil homme sourit :

– On m'a raconté comment vous aviez réussi à faire renvoyer cet abominable Anstey pour réinstaller Farrow. Lorsque j'ai su que vous l'aviez amené faire le tour des fermiers, j'ai pensé que votre mère n'eût pas agi autrement.

– Je suis sûre... qu'elle m'a aidée... à faire mon devoir, fit humblement Pandora.

– Et croyez-vous réellement que votre mère serait heureuse que vous demeuriez ici ?

Pandora eut un petit geste.

– Que puis-je faire d'autre? Retourner à Lindchester? Même si M. Witheridge ne veut plus de moi pour femme, ma tante fera de ma vie un enfer.

Elle ajouta, les larmes aux yeux :

– Oh! docteur Graham, j'ai été si malheureuse là-bas, et pas seulement parce que j'avais perdu maman et papa. C'était affreux. Mais vivre avec des gens qui vous détestent, savoir que tout ce que l'on fait est mal fait et n'encourir jamais que des reproches, c'est encore plus terrible que de passer son existence auprès d'un Prosper Witheridge.

Le médecin était ému. Il passa son bras autour des épaules de la jeune fille.

– Je vous ai toujours beaucoup aimée, Pandora, et cela depuis que vous étiez petite fille. J'étais fier de compter vos parents parmi mes amis. Quoi qu'il arrive, je ferai mon possible pour vous aider.

– Vraiment? demanda Pandora. Vous êtes tellement gentil que je ne sais comment vous remercier.

– Cependant, il m'est difficile de trouver une

solution, déclara gravement le médecin. Je vais y réfléchir.

– Je ne peux pas retourner au palais... Je ne peux pas.

– Il faut attendre de voir ce que dira votre oncle de tout ceci. Mais vous avez sûrement d'autres parents susceptibles de s'occuper de vous!

– Si toutefois j'en ai, ils ne se sont pas manifestés depuis la mort de papa et de maman.

Elle ajouta en soupirant :

– Si seulement je pouvais trouver un travail quelconque, peut-être soigner une vieille dame, ou surveiller des petits enfants.

– C'est plus ou moins ce à quoi je pensais, répondit le docteur.

Il la serra paternellement contre lui.

– J'ai une demi-douzaine de patients qui m'attendent et je n'aurai sans doute pas le temps de déjeuner, mais je reviendrai vers 5 heures.

– Norvin ira peut-être mieux d'ici là, dit Pandora avec optimisme. Et merci encore, docteur, pour votre bonté. Je savais que vous me comprendriez.

– Mieux que quiconque, répliqua le médecin avec compassion. Mais enfin, la pire des mauvaises langues sera obligée de convenir qu'un homme sans connaissance peut difficilement constituer un danger pour une jeune fille.

– Je n'ai rien à redouter de mon cousin Norvin.

Elle eut envie d'ajouter : malheureusement! Puis elle accompagna le médecin à la porte d'entrée et lui dit au revoir.

Après son départ, Pandora remonta joyeusement auprès du comte, enfin libérée de la nécessité de faire face à tout moment aux invités du comte. Durant quelques heures, au moins, elle aurait le comte à elle toute seule.

Elle demeura dans la pièce sombre tout l'après-midi et, comme elle était très fatiguée, elle s'endormit.

Elle se réveilla avec un sentiment de culpabilité, se reprochant de ne pas avoir surveillé le malade comme elle l'aurait dû. Elle regarda la pendule : son oncle et sa tante devaient être rentrés de Londres. Il lui était facile d'imaginer l'accueil que leur ferait Prosper Witheridge et le plaisir qu'il prendrait à décrire ses mésaventures.

La jeune fille était intimement persuadée qu'il ne lui pardonnerait jamais de lui avoir dit qu'elle le détestait et qu'elle ne l'épouserait pas. Il prendrait sa revanche en exagérant les choses et n'épargnerait certes pas les actrices.

– Il faudra bien une heure à oncle Augustus pour l'écouter, se dit Pandora. Ensuite il voudra se changer et se restaurer, donc il y a peu de chances pour qu'il soit ici avant 6 h 30 ou peut-être 7 heures.

Elle contempla le comte inerte et l'implora :

– J'ai besoin de vous! J'ai besoin de vous pour me défendre et me protéger.

En disant ces paroles, elle reconnut qu'elle avait toujours eu le secret espoir que, le moment venu, son cousin défierait l'évêque comme il avait défié Prosper Witheridge.

Malheureusement la situation était très différente, car l'évêque était aussi son tuteur. Quoi que puisse dire le comte, son oncle avait le droit de décider de sa vie, et ce droit, un cousin éloigné ne l'avait pas.

– Je suis une Chart, murmura Pandora. Je n'ai aucune affinité avec les Stratton. Papa lui-même les trouvait ennuyeux et les évitait. Alors pourquoi serais-je forcée de leur obéir?

Comme mue par cette idée, elle quitta le grand fauteuil dans lequel elle avait dormi, et se dirigea vers l'une des trois fenêtres.

Elle se glissa entre les rideaux tirés. Le soleil se reflétant sur le lac inondait les jardins, exaltant la couleur des fleurs jusqu'à la rendre aveuglante.

– J'appartiens à cette maison, murmura Pandora. C'est ici que sont mes racines.

Elle préférait mourir plutôt que de retourner à Lindchester. Si elle se noyait ou si elle se jetait du haut du toit, elle resterait à Chart, envers et contre tous.

Mais elle rejeta l'idée de la mort. Elle voulait vivre, vivre pour le comte même si, comme elle avait pu s'en apercevoir, il ne s'intéressait à elle que de temps en temps.

Il l'avait taquinée, ils s'étaient disputés, il l'avait défiée, et pourtant à chaque seconde elle avait éprouvé en sa compagnie une joie inexprimable.

Si je lui proposais de travailler à l'office ou dans les jardins, se dit-elle, peut-être me permettrait-il de demeurer ici? Il me verrait quand bon lui semblerait, mais je serais là et ce serait merveilleux d'être auprès de lui.

Elle quitta la fenêtre, encore aveuglée par le soleil, et en retrouvant l'obscurité de la chambre elle voulut essayer de communiquer sa ferveur et son amour au subconscient de son cousin.

Elle s'approcha du lit et se mit à genoux.

– Je vous aime! et je veux que vous aimiez Chart. Je ne demande rien pour moi, sinon de rester dans cette maison qui est la mienne, car je sais qu'un jour elle vous apportera le bonheur pour peu que vous lui en laissiez la possibilité.

Elle avait mis tant de passion dans ses paroles que les larmes lui vinrent aux yeux. Mais le comte ne bougea pas. Elle désespéra de se faire entendre. Le temps passait, son oncle allait arriver et l'obligerait à rentrer avec lui à Lindchester.

S'il insistait pour la ramener, elle ne pourrait que

s'incliner, car il n'écouterait certainement pas le Dr Graham qu'il devait considérer avec mépris comme un médecin de campagne sans importance.

Une fois au palais, Norvin m'oubliera, pensa-t-elle, et dès son retour à Londres, il retrouvera Kitty.

A cette pensée, elle eut l'impression qu'on lui enfonçait lentement un poignard dans le cœur.

Elle ne devait pas se faire d'illusions. Kitty l'attendait, et malgré son goût immodéré pour la boisson et sa vulgarité, elle amuserait toujours Norvin. N'appartenait-elle pas à ce genre de femmes que le comte, Freddie, Richard et Clive préféraient entre toutes?

Mme Meadowfield ouvrit la porte pendant que Pandora se relevait.

– Je me suis bien reposée, mademoiselle Pandora, murmura-t-elle. Allez donc prendre l'air un moment dans le jardin. Ce n'est pas bon de rester enfermée dans cette chambre avec ce beau temps. Prenez une tasse de thé, Burrows l'a préparé pour vous dans le salon. Ça vous fera du bien.

Pandora fut touchée par tant de sollicitude, mais en même temps elle se rappela avec un frisson que sa tante – avec ses reproches et ses façons de lui faire toujours recommencer les choses deux ou trois fois pour la punir – l'attendait de pied ferme au palais.

Le service étincelant l'attendait sur une table contre la fenêtre près de la terrasse baignée de soleil. Pandora but le thé de Chine parfumé que sa mère préférait à tous les autres. Elle mangea un sandwich, puis le trouvant délicieux elle en reprit deux autres et pénétra dans le jardin par la porte-fenêtre. Elle avait fait de même la nuit dernière, et c'est ce qui avait provoqué le duel entre son cousin et sir Gilbert, ce duel dont le comte était à présent la victime.

– Que de choses se sont passées depuis mon arrivée, soupira la jeune fille.

Elle traversa les pelouses veloutées pour se rendre à la roseraie. Elle s'appuya contre l'antique cadran solaire, et se demanda combien de Chart avaient eu ce même geste avant elle.

« Peut-être étaient-ils comme moi, angoissés et effrayés par leur avenir, songea Pandora, mais c'était différent, car après leur mort, Chart, lui, continuait à exister. »

Elle essaya de se rassurer en se disant que tout ce qui pouvait lui arriver n'avait pas d'importance. Mais elle aspirait à vivre, à éprouver toutes les émotions qu'un être humain est en droit d'attendre de l'existence, et, par-dessus tout, elle voulait connaître l'amour.

Inlassablement ses pensées la ramenaient auprès du comte. Elle gardait dans sa mémoire l'émotion qui s'était emparée d'elle quand, blottie dans ses bras, elle avait entendu battre son cœur.

Quelle serait la réaction de son oncle et de sa tante s'ils apprenaient qu'elle ne portait qu'un léger peignoir sur sa chemise de nuit lorsqu'il l'avait enlevée ?

Ils seraient également horrifiés en apprenant qu'elle avait enfoui son visage tout contre son épaule. Mais il n'y a rien de mal dans tout cela, pensa Pandora. C'était bien et même, en quelque sorte, merveilleux. Prosper Witheridge ne comprendrait jamais cela, pas plus que tante Sophie ou oncle Augustus.

Comme un chevalier, il l'avait arrachée au danger.

Cependant, ses détracteurs étaient tellement convaincus que tout ce qu'il faisait était inspiré par le démon, qu'ils ne pourraient jamais l'imaginer accomplissant une bonne action.

S'il était venu l'autre soir, par exemple, c'était pour la sauver de sir Gilbert. Eh bien, tout le monde trouverait répréhensible que ce comte dépravé soit entré dans sa chambre et qu'elle, Pandora, n'ait pas hurlé pour le faire sortir.

« Je ne le considérais pas comme un homme... alors », se dit-elle.

Mais à présent elle savait qu'il en était un dans toute l'acception du terme – et un homme qu'elle aimait.

– Seul l'esprit est important, conclut Pandora en caressant le cadran solaire.

Elle se remémora quelques vers de Milton :

L'esprit détient la vérité, et lui seul peut faire du paradis un enfer, et de l'enfer un paradis.

– C'est l'esprit qui compte, murmura Pandora, et pas toujours la façon dont nous agissons.

Elle était sûre que le comte comprendrait son raisonnement, et elle brûlait de lui en faire part.

– Un enfer qui se transforme en paradis. Voilà ce que je veux lui faire découvrir à Chart... un paradis qu'il croit un enfer, aveuglé par la haine qu'il porte à sa famille.

Elle joignit les mains et s'écria :

– Je lui ferai comprendre. Je lui ferai sentir comment le passé peut se changer... en un avenir plein de promesses.

Comme il lui tardait de revoir son cousin, Pandora retourna en courant vers la maison. Elle pénétra dans le hall par le petit salon et s'apprêtait à monter l'escalier lorsqu'elle s'arrêta, pétrifiée.

La porte d'entrée était ouverte, et dehors, elle aperçut un attelage qu'elle n'eut aucune peine à reconnaître.

Certes, elle s'attendait à la visite de son oncle,

mais maintenant qu'il était là, elle éprouvait un terrible désespoir.

Elle était comme un enfant surpris en train de commettre une très vilaine action et qui sait qu'il n'a aucune chance d'échapper au châtiment qui l'attend.

Pâle, les mains glacées, Pandora attendait. Mais à son grand étonnement, au lieu de la longue figure lugubre de son oncle, elle vit Burrows s'avancer seul vers elle, en tenant quelque chose à la main.

Il prit un plateau d'argent sur un guéridon et le présenta à Pandora.

– Un billet pour vous, mademoiselle.

Pendant quelques instants, la jeune fille fut incapable de faire un mouvement, puis elle saisit le billet sur le plateau et entra dans le salon.

C'était pour elle un tel soulagement de constater que son oncle n'était pas venu en personne comme elle s'y attendait qu'il lui était difficile de penser à autre chose.

Elle fixait la lettre, reconnaissant la grande écriture, et avait l'impression d'avoir échappé au billot.

Elle déchira l'enveloppe.

Les mots dansaient devant ses yeux, mais elle parvint à lire ceci :

Ma chère nièce,

Dès notre retour, M. Prosper Witheridge nous a fait part, à votre tante et à moi-même, de votre conduite scandaleuse et impardonnable après notre départ pour Londres.

Je n'aurais jamais cru qu'une jeune fille bien élevée pût se comporter d'une manière aussi excentrique et décevante et qui, sans aucun doute, ne lui apportera que ce qu'elle mérite.

Après en avoir discuté avec votre tante, nous avons

décidé avec regret et avec la plus profonde tristesse, qu'étant donné les circonstances, nous ne pouvions pas vous reprendre auprès de nous au palais.

Mon chapelain m'informe que votre fuite est déjà connue dans tout Lindchester. Pardonner une telle attitude nous mettrait, moi et votre tante, dans une situation extrêmement déplaisante.

J'ose espérer que vos cousins Chart sont prêts à vous offrir un foyer et à veiller sur vous, ce que nous nous sommes toujours efforcés de faire.

C'est avec un sentiment à la fois de peine et d'échec personnel que je vous abandonne à votre conscience et à la grâce de Dieu. »

Pandora écarquilla les yeux en lisant la lettre. Puis, pour être sûre, elle la relut.

Elle était libre! Son oncle renonçait à ses droits sur elle et l'abandonnait à son sort!

C'était tout ce qu'elle désirait, et cependant, maintenant qu'elle était devant le fait accompli, elle se sentait un peu effrayée. Elle était seule, complètement seule, seule comme jamais encore elle ne l'avait été.

Puis, à l'intérieur de l'enveloppe, elle découvrit un morceau de papier qu'elle déplia : c'était un chèque de quarante-quatre livres.

Elle fut étonnée, puis en conclut qu'il devait correspondre à ce qu'avaient laissé ses parents.

L'évêque avait certainement déduit les dépenses occasionnées par l'enterrement et aussi, bien entendu, une certaine somme pour son entretien.

Mais ainsi, elle n'était pas complètement démunie.

Serrant la lettre et le chèque dans sa main, elle quitta le salon et monta lentement l'escalier.

Mme Meadowfield s'apprêtait à quitter le comte

lorsqu'elle entendit Pandora. Elle sortit dans le couloir et lui dit :

– Je voudrais que vous sachiez, mademoiselle, que ces dames ont demandé aux servantes de mettre dans leurs malles toutes sortes de choses qui ne leur appartenaient pas.

– Je m'en doutais un peu, madame Meadowfield, fit gravement Pandora.

– Comme des pies, qu'elles étaient! ajouta Mme Meadowfield avec âpreté. Les dessus de coussins, les couvre-lits en dentelle et les pièces du service de table qui sont là depuis des siècles – elles auraient tout pris si on les avait laissé faire.

Elle marqua une pause avant de poursuivre, indignée :

– Et cette Mlle King qui avait même caché trois miniatures de la chambre des comtesses dans son sac à main.

– J'espère qu'elle ne les a pas emportées? s'inquiéta Pandora.

– Non, mademoiselle. Heureusement elle avait laissé son sac à main dans sa chambre pendant qu'elle était avec une autre dame, et je les ai remises à leur place.

– Oh, merci, merci, s'écria Pandora. Je savais que vous comprendriez quand je vous ai parlé des tabatières.

– Mlle King a eu le front de demander où elles étaient! J'ai répondu qu'elles étaient chez le bijoutier. Ça lui a coupé l'herbe sous le pied.

– Vous avez bien fait, approuva Pandora.

Peut-être s'était-elle mêlée de ce qui ne la regardait pas, elle était cependant heureuse d'avoir sauvé les trésors de Chart. M. Farrow lui aussi, quand il aura pris son poste, veillerait à ce que rien ne soit dérobé dans la maison de Londres.

Raconterait-elle plus tard à son cousin ce qui

s'était passé, ou valait-il mieux se taire? Il pourrait s'offenser de son intervention. Si telle était sa fantaisie, il pouvait très bien lui dire qu'il avait l'intention de donner à Kitty et aux autres femmes toutes les choses qui leur faisaient envie.

Elle l'entendait encore déclarer qu'il ne laisserait que les murs à ses successeurs. S'il était prêt à dilapider le domaine, hésiterait-il à se débarrasser d'elle?

Après lui avoir parlé du désir de sa mère de l'aider, elle avait cru comprendre que sa haine pour la famille était moins violente. Mais elle n'était sûre de rien – et encore moins des sentiments qu'il éprouvait à son égard.

Une fois de plus, elle s'agenouilla auprès du lit.

Il était si calme et silencieux qu'elle fut saisie d'une épouvantable angoisse à la pensée qu'il avait pu passer de vie à trépas sans avoir repris connaissance.

Effrayée, elle glissa la main sous la chemise de son cousin et la posa sur son cœur.

Il battait. Il palpitait contre sa paume et Pandora fut secouée par un frémissement dont l'intensité la bouleversa.

– Je vous aime... et je vous appartiens, dit-elle dans un souffle. Je vous appartiens, que vous le vouliez ou non... et je n'aimerai jamais personne d'autre que vous. Vous êtes toute ma vie, maintenant et pour toujours...

Cela ressemblait à un vœu, et tandis que les mots mouraient sur ses lèvres, Pandora sut qu'elle disait la vérité.

Elle lui appartenait corps et âme, et quoi qu'il pût dire ou faire n'y changerait rien.

7

– Merci, Farrow, je vous verrai demain, fit le comte. J'espère bien être debout d'ici là.

– Je l'espère aussi, M'Lord, répondit le régisseur tout en ramassant les papiers éparpillés sur le lit.

Puis il s'inclina, et sortit.

Dès que la porte se fut refermée derrière lui, le comte regarda vers le coin le plus éloigné de la chambre et claqua des doigts. Immédiatement une forme prompte et agile sauta sur le lit pour se lover contre lui, léchant ses mains et frémissant de tout son corps.

Le comte caressa les oreilles soyeuses de l'épagneul.

– Je suppose que tu sais ce que tu risques en montant sur la couverture de satin.

Sa voix parut exciter encore davantage le chien, qui lécha les mains du comte de plus belle.

C'est le premier être que découvrit le comte en reprenant connaissance après trois jours de délire.

Le cerveau encore embrumé, il s'était demandé qui pouvait bien lui manifester autant d'affection; puis, baissant les yeux, il avait aperçu le regard brun d'un petit épagneul noir et blanc.

– Elle s'appelle Junon, avait dit une voix paisible et Pandora quitta sa chaise près de la fenêtre.

– Ai-je dit que je désirais un chien? s'enquit le comte à demi conscient. Mais il connaissait la réponse à cette question. N'était-ce pas un lien de plus pour le retenir à Chart?

Pandora garda le silence et se contenta de le regarder au fond des yeux avec la même expression que Junon.

Elle avait rendu visite à tous les éleveurs du domaine avant de trouver un chien susceptible de plaire au comte. Mais dès le moment où Junon entra dans la chambre du malade, Pandora sentit qu'elle ne s'était pas trompée.

La chienne parut comprendre ce que l'on attendait d'elle. Elle se posta à côté du lit comme guettant le réveil de son maître. Ces derniers jours, et bien malgré lui, le comte n'avait pu résister à son adoration et, en dépit des remontrances de Pandora, Junon sautait sur le lit dès qu'il n'y avait personne dans la chambre.

Tout à coup, avec une oreille plus fine que celle du comte, elle sauta sur le parquet et retourna au fond de la pièce. Une seconde plus tard, la porte s'ouvrit.

Pandora entra, portant un grand vase de lys de la Madone.

– J'attendais que Michael Farrow s'en aille pour vous les apporter, fit-elle. Ils sont si beaux et ils sentent divinement bon.

– Mais conviennent-ils à un pécheur tel que moi? répliqua le comte d'une voix moqueuse. Vous devriez les garder dans votre chambre, Pandora. On m'a toujours dit qu'ils étaient l'emblème de la sainteté.

Depuis qu'il allait mieux, il recommençait à la taquiner et ils se provoquaient avec des mots comme auparavant.

Pendant que Pandora posait le vase sur une commode marquetée, il reprit :

– Farrow m'a dit que vous aviez été très occupée pendant ma maladie.

Pandora se raidit imperceptiblement.

Elle ne lui avait pas parlé de ce qui s'était passé après le duel, pour ne pas lui créer de soucis. Et surtout, peut-être, parce qu'elle redoutait sa réprobation s'il jugeait qu'elle n'avait pas à se mêler de ses affaires.

– Vous avez envoyé le vieux Farrow fermer la maison de Londres, poursuivit le comte sur un ton qui lui parut accusateur.

– C'était la fin... de la Saison, répondit Pandora en baissant la voix, et je pensais qu'il n'était pas nécessaire de garder autant de domestiques. Vous n'avez aucune raison de vous y rendre... avant l'automne.

– Les théâtres sont encore ouverts à Londres.

Le comte insista délibérément sur ces mots en regardant Pandora. Ses joues s'empourprèrent, mais elle lui tourna le dos et se dirigea vers la fenêtre.

– Ce serait très facile de la rouvrir.

– Vous avez engagé un certain Winslow pour dresser l'inventaire, m'a dit Farrow. Il a noté tout ce qui manquait. Je suppose que vous voulez en prendre connaissance?

– Ce ne sont pas... mes affaires, répliqua Pandora.

– Non? Je croyais pourtant que cela vous concernait.

Elle resta muette. Au bout d'un moment, il continua :

– Farrow m'a dit également qu'il lui avait été difficile de trouver l'argent que Kitty réclamait pour partir. Il a même dû emprunter dix livres au pasteur.

Il se mit à rire en ajoutant :

– Pour une fois que l'Eglise accorde à un damné un peu plus qu'une goutte d'eau!

Pandora se retourna :

– Je vous en prie... Ne parlez pas ainsi, suppliat-elle. J'ai peut-être eu tort... mais sans cela elle refusait de s'en aller, et il était indispensable que vous ne soyez pas... dérangé.

– Et vous pensiez vraiment qu'elle était une cause de dérangement.

Il avait repris son ton railleur.

– Je suis désolée... si je n'ai pas fait ce qu'il fallait, murmura Pandora. Je n'aurais pas dû me mêler de vos affaires. J'ai vraiment cru agir pour le mieux.

– Dans votre intérêt ou dans le mien? insista le comte.

– Dans votre intérêt, bien sûr. Je n'ai rien à voir là-dedans.

– Vous n'avez rien à voir avec Chart? s'exclama le comte. Alors vraiment, sainte Pandora, ce que vous me dites là ressemble à s'y méprendre à un mensonge.

Pandora joignit les mains.

– J'aime Chart... Vous savez bien que je l'aime! s'écria-t-elle. Mais il est à vous, c'est votre maison... votre domaine... votre royaume.

Le comte sourit.

– Voilà ce cher vieux Milton qui me revient. Vous êtes en train de me prouver que « celui qui cherche des ânes, trouve un royaume. »

– Vous l'avez trouvé? demanda Pandora.

Elle prononça ces paroles avec une ardeur qui la surprit elle-même. Elle brûlait de lui poser cette question depuis qu'il se sentait assez bien pour s'intéresser à ce qui se passait autour de lui, pour discuter avec Farrow et donner des ordres.

Le comte tendit la main.

– Venez ici, Pandora, ordonna-t-il. J'ai à vous parler.

Fébrilement, et presque à regret, elle s'avança, puis déclara :

– Si vous êtes en état de m'écouter... J'aimerais moi aussi vous parler.

– Je me sens très bien, assura le comte, aussi pourquoi pas maintenant ? Comme nous avons tous les deux des choses à nous dire, je me dois d'être galant et je vous laisse commencer. Honneur aux dames !

Pandora s'assit près du lit sur la chaise destinée aux visiteurs. Elle ne le regardait pas, mais fixait désespérément ses doigts noués comme si elle les voyait pour la première fois.

Les yeux du comte ne quittaient pas son visage, et au bout de quelques instants il reprit :

– J'attends, et bien sûr je suis extrêmement impatient de vous entendre.

– Peut-être vous êtes-vous... demandé, commença Pandora d'une petite voix hésitante, pourquoi... oncle Augustus m'avait permis de rester... ici après son retour de Londres ?

– En effet, répliqua le comte. Mais comme vous m'avez soigné avec un dévouement exemplaire, il a sans doute estimé que dans l'état où j'étais je ne constituais pas un réel danger pour une jeune fille innocente.

– Oncle Augustus n'est pas venu... lui-même, poursuivit Pandora. Je m'attendais à le voir, mais au lieu de cela, il m'a écrit... une lettre.

Le comte resta silencieux, et au bout d'un moment elle reprit :

– Il m'a dit que j'avais causé un tel... scandale à Lindchester en venant m'installer ici, que ma tante et lui ne pouvaient plus... m'accueillir dans leur maison.

Le comte haussa les sourcils, puis constata :

– C'était à prévoir. Vous avez bien dû y penser, lorsque vous êtes venue à Chart Hall pour échapper aux avances brûlantes du chapelain.

Il ajouta avec un sourire railleur :

– Quels sont donc les mots, déjà, que vous avez

employés pour m'expliquer que je représentais la seule solution possible à votre problème? Vous savez, à propos de mon goût prononcé pour « les grues et pour ces actrices en compagnie desquelles aucun homme digne de ce nom n'aimerait être vu! »

Pandora émit une petite protestation, mais le comte poursuivit :

– Vous avez choisi de descendre aux enfers. On ne peut tout de même pas blâmer ce saint évêque s'il considère que vous vous êtes sensiblement compromise pendant cette promenade!

– Je ne me plains pas, répondit Pandora, mais il faut que je songe à mon avenir. C'est pourquoi je voudrais vous demander quelque chose.

– Quoi donc?

– Je me disais que peut-être... vous pourriez me permettre de rester... ici.

Elle lui lança un coup d'œil rapide, puis reprit aussitôt :

– Pas en tant qu'invitée, ni à votre charge, bien sûr. Vous ne me verriez jamais, mais je pourrais travailler à l'office ou aider Mme Meadowfield à raccommoder le linge. Il y a beaucoup à faire dans la maison... et vous ne sauriez même pas... que je suis... là.

– Et vous pensez vraiment que vous seriez heureuse?

– Etre à Chart Hall c'est comme être au paradis, répondit Pandora, et son visage s'éclaira. Je vous donne ma parole d'honneur que je ne ferais rien qui puisse vous irriter. Je ne me mêlerais pas de vos affaires mais je serais là et, de temps en temps... je pourrais voir...

Elle s'arrêta brusquement. Emportée par ses paroles, elle avait été sur le point de se trahir, mais cette phrase inachevée n'échappa point au comte.

– Vous verriez qui ou quoi? questionna-t-il.
Pandora marqua une hésitation.

– Les... gens du... village... que j'aime... bien.

– Naturellement, assura le comte. Et vous n'avez jamais imaginé que je pourrais être ennuyé par vos reproches. Si je ramène par exemple de Londres mes amis dépravés qui casseront, voleront, ou useront de ces choses que vous considérez comme sacrées parce qu'elles sont dans la famille depuis des siècles.

– Je serais très contrariée... très contrariée, sans aucun doute, répliqua Pandora avec honnêteté, mais vous n'avez pas besoin de vous soucier de mes sentiments.

– Parce que vous ne les exprimerez pas? fit le comte. Mais croyez-vous que je ne sentirais pas votre réprobation peser sur moi partout où j'irais? Pareille à la voix de ma conscience, elle me poursuivrait, afin de m'arracher à l'enfer de ma dépravation.

– Je ferais mon possible... pour que vous ne vous sentiez pas coupable.

– Et si j'ajoutais que malgré vos efforts, je connaîtrais toujours vos pensées, je saurais ce que vous ressentez et si vous êtes malheureuse ou non?

– Vous êtes en train de me faire comprendre que vous ne voulez pas de... moi ici, murmura Pandora.

– Je n'ai pas dit cela.

– Mais... vous le pensez, et je... comprends.

Elle soupira et regarda ses mains qui tremblaient. Cependant il y avait une note de courage dans sa voix lorsqu'elle reprit :

– Le Dr Graham m'a laissé espérer qu'il me trouverait un emploi, mais peut-être vaudrait-il mieux que je quitte complètement.. Chart.

– Ce serait une belle preuve d'égoïsme.

– D'égoïsme?

– Qui me racontera l'histoire de la famille si vous n'êtes pas là? Qui me rappellera comment se comportaient le dernier comte, l'avant-dernier et celui qui était encore avant eux?

– Je... je ne comprends plus, balbutia Pandora. Vous ne voulez pas de moi... ici, et maintenant vous dites...

– Je n'ai jamais dit que je ne voulais pas de vous. J'ai simplement dit que même si vous déployiez des trésors d'habileté pour vous cacher, je sentirais toujours votre présence dans ce château.

Pandora eut un geste de désespoir et lui lança un regard triste.

– Alors... que puis-je faire?

Il leva les yeux sur elle et ils restèrent silencieux. Puis, après un long moment pendant lequel plus rien ne compta pour Pandora en dehors de l'expression qu'elle lisait sur la figure de son cousin, elle répéta dans un murmure, presque un souffle :

– Je... ne comprends pas.

Le comte lui tendit la main et la jeune fille, comme hypnotisée par sa volonté, mit sa main dans la sienne. Il l'attira fermement auprès de lui, et, sans savoir comment, elle se retrouva assise au bord du lit, son visage tout près du sien.

– J'essaye de vous expliquer, fit calmement le comte, que si je dois rester à Chart, ce qui est je crois votre plus cher désir, alors il faut que vous restiez avec moi.

Il vit renaître l'espoir sur les traits de la jeune fille, et poursuivit :

– Pas à l'office, ni cachée dans quelque coin obscur de la maison, mais avec moi.

Il sentit frémir les doigts de Pandora qui agrippa sa main comme si elle avait peur d'avoir mal compris ou qu'il n'eût pas dit la vérité.

– Si nous vivons ensemble ici, continua le comte, nous allons être un objet de scandale à Lindchester, à moins que vous ne fassiez un effort pour apporter un air de respectabilité à Chart Hall.

Pandora ne le quittait pas des yeux.

– Mais... comment?

Sa voix était à peine audible, mais il l'entendit.

– Ai-je besoin de vous faire un dessin? Enfin! Toute femme doit se préparer à recevoir le choc d'une demande en mariage!

Devant l'air ahuri de Pandora, il ajouta très doucement :

– Voulez-vous m'épouser, ma chérie? Ce sera l'union mal assortie, j'en conviens, de la sainte et du pécheur, mais peut-être pourrons-nous trouver un compromis?

Il se forçait à être désinvolte et moqueur, mais l'expression de ses yeux bouleversa Pandora.

– Vous voulez... vous voulez vraiment? commença-t-elle.

Pour toute réponse, les bras du comte se refermèrent sur elle et il la serra passionnément contre lui.

– Je le veux, dit-il, et ses lèvres se posèrent sur les siennes.

Pendant un moment Pandora oublia tout. Puis elle sut que c'était enfin la réalisation de ses vœux et de toutes ses aspirations profondes qui lui paraissaient insensées.

La bouche de la jeune fille était douce, fraîche et innocente. Instinctivement le comte éveillait son désir et l'embrassait doucement jusqu'à ce qu'il sentît son corps répondre et vibrer contre le sien.

Pour Pandora, l'enchantement de ce baiser fit resurgir en mille fois plus éclatant, en mille fois plus intense, le trouble qu'elle avait éprouvé en posant la paume de sa main sur son cœur.

Il resserra son étreinte, et il lui sembla que les lèvres de son cousin lui donnaient toute la beauté de Chart – l'amour de la grande maison et des choses qu'elle avait toujours vénérées, tout ce trésor qui était une partie d'elle-même.

Son corps se tendit vers lui dans un merveilleux frémissement qui touchait à la perfection.

Lorsqu'enfin le comte releva son visage et plongea ses yeux dans les siens, ce fut comme si, ayant été au septième ciel, il lui était impossible de redescendre sur terre.

– Je... vous aime, murmura Pandora. Elle avait prononcé ces paroles des centaines de fois, mais jamais elle n'avait espéré pouvoir les lui dire.

– Que m'avez-vous fait, mon amour? demanda le comte d'une voix rauque. J'aurais dû savoir que tout cela arriverait quand vous êtes entrée dans le petit salon avec cet air effrayé, si incroyablement jolie dans votre petite robe de puritaine.

– Vous m'aimez... vraiment?

– J'ai essayé de vous détester parce que vous êtes une Chart et que vous appartenez à cette famille maudite. Je savais que le comportement de mes amis vous scandaliserait, vous révolterait : c'était exactement mon intention. Mais dès le moment où vous avez franchi le seuil de cette maison, je n'ai vu que votre visage et vos yeux. Ils me hantaient, me captivaient, et il en sera ainsi, j'en suis sûr, tout le reste de ma vie.

– Ce n'est pas vrai... Vous ne pouvez pas m'aimer, balbutia Pandora.

Tout ce qui venait de se passer était tellement extraordinaire, que des larmes d'émotion coulèrent sur ses joues. Le comte les sécha de ses baisers. Puis il reprit ses lèvres dans une étreinte avide, passionnée, comme s'il voulait posséder la moindre parcelle de son être pour la faire sienne.

– Je vous aime, répéta-t-il. Je vous aime tant que, tout comme vous, je n'arrive pas à y croire. Mais cet amour est indéniable, mon adorable chérie, et je suppose que vous allez me dire que nous avons été ensorcelés par le château.

– C'est peut-être la maison... peut-être les gens qui ont vécu ici... ou peut-être seulement... nous-mêmes, répondit Pandora, mais lorsque je suis tombée amoureuse de vous, je n'aurais jamais imaginé... que vous puissiez m'aimer.

– Et maintenant vous le savez? murmura le comte.

Elle cacha son visage contre son épaule, car il lui était impossible de répondre, impossible d'expliquer ce frisson merveilleux qui transportait son âme là-haut, bien loin de la terre, dans un chœur céleste.

Le comte déposa un baiser sur ses cheveux.

– Vous sentiez aussi la violette lorsque je vous ai ramenée sur mon cheval après vous avoir arrachée à ces porcs, fit-il, et dès ce moment j'ai su que ce parfum embaumerait ma maison, un parfum qui était déjà dans mon cœur.

– Oh, Norvin ! murmura Pandora en songeant au parfum entêtant de Kitty et des autres actrices.

Une fois de plus il devina sa pensée.

– Oubliez-les. Elles ont tout de même servi à quelque chose puisqu'elles nous ont poussés l'un vers l'autre. Les voies du destin sont impénétrables.

– C'est vrai, reconnut Pandora. Je leur serai toujours reconnaissante, profondément reconnaissante de m'avoir conduite jusqu'à vous, mais... Norvin?

C'était une question, et après un silence il demanda :

– Quoi, ma chérie?

– Ces femmes sont si... jolies, si... gaies et si

mondaines. J'ai peur que vous me trouviez... terne en comparaison.

Elle avait parlé sans le regarder. Le comte sourit par-dessus sa tête : il revoyait son passé et pour lui, ce chapitre était définitivement clos.

Il répondit avec fermeté :

– Vous n'avez pas besoin des feux de la rampe pour être fascinante, mon aimée, ni de porter des pantalons ou de boire du champagne toute la nuit. J'ai le sentiment que le conte de fées de Chart Hall sera plus divertissant que *l'Opéra de Quatre Sous*, ou toute autre pièce.

Il la serra dans ses bras, en ajoutant :

– Je vous promets que vous serez la plus séduisante et la plus attirante de toutes les dames de la haute société.

Elle leva les yeux sur lui avec un sourire éclatant de bonheur, et une fois de plus il reprit ses lèvres.

Il l'embrassa fougueusement, impérieusement, et elle sentit monter en elle une flamme qui répondait à l'ardeur de ses yeux et aux battements frénétiques de son cœur contre sa poitrine.

Avec peine, elle se détacha de lui et s'éloigna du lit.

– Vous êtes censé... être encore malade, fit-elle haletante, d'une voix mal assurée. Il ne faut pas vous fatiguer ou trop vous exciter.

– Mais vous m'excitez terriblement!

– Vraiment... vous me désirez?

– A la folie. Venez donc un peu dans mon lit que je vous montre à quel point je vous aime.

Devant tant d'ardeur, les joues de Pandora s'empourprèrent. Il eut un rire caressant.

– Ma douce chérie, ma précieuse, mon innocente petite sainte, je n'avais pas l'intention de vous choquer!

Il aurait voulu la reprendre dans ses bras, mais elle s'échappa en lui jetant un regard qui exprimait toute la tendresse du monde.

Devant son visage éblouissant, ses lèvres douces et sa chevelure blonde un peu en désordre, le comte fut persuadé n'avoir jamais vu femme plus belle et plus attirante.

Il lui tendit les bras.

– Venez ici! C'est un ordre!

– Vous devez être... raisonnable et prendre soin de vous, répliqua Pandora.

Puis, comme ne pouvant supporter d'être séparée de lui ne fût-ce que cinq minutes, elle s'agenouilla près du lit.

– Vous voulez réellement que je sois votre femme? Je l'ai tellement désiré, maman aurait tellement souhaité que je revienne ici, dans cette maison! Mais c'est trop... merveilleux. Il me semble que je rêve et que je vais bientôt me réveiller.

– Ce n'est pas un rêve, ma chérie, mais il faudra que vous m'aidiez. J'ai gaspillé ma vie jusqu'à ce jour – j'en suis parfaitement conscient. Aussi ai-je besoin de vous! Dieu sait comme j'ai besoin de vous!

Pandora posa sa joue contre la main du comte, et il reprit :

– Ce sont les paroles de tout homme qui désire et qui aime une femme, mais moi je vous demande encore plus.

Pandora leva son visage vers le sien. Ses yeux rayonnaient de bonheur.

– J'ai vécu dans la haine depuis si longtemps qu'elle est profondément enracinée en moi. Elle a laissé son empreinte dans mes actes, dans mes paroles et dans mes pensées.

Il marqua une pause avant de continuer d'une voix dure :

– Quand je dis que je suis un pécheur, je n'exagère pas, Pandora. J'ai honte d'avoir fait certaines choses. Des choses dont vous ne saurez jamais rien, je l'espère bien, mais néanmoins que je ne peux pas renier. Elles pèsent encore sur ma conscience ou sur ce que vous appelleriez mon âme.

– Vous êtes pardonné, fit doucement Pandora.

– Vous pensez sans doute au pécheur repenti qui trouve sa joie au paradis, répondit le comte avec un petit sourire, mais ce n'est pas le paradis qui m'inquiète, Pandora, c'est vous. (Il emprisonna les doigts de la jeune fille.) Vous êtes si parfaite, si bonne, si pure que j'ai peur.

– Peur de quoi?

– Peur que tôt ou tard vous vous détourniez de moi, dégoûtée; que vous m'abandonniez, car en dépit de ma bonne volonté, « long et dur est le chemin qui de l'enfer conduit à la lumière. »

Sa voix expira sur cette citation, et elle sentit qu'il attendait sa réponse comme le verdict d'un jugement sans appel.

Pandora se releva, s'assit une fois de plus au bord du lit et l'enlaça.

– Vous avez oublié... quelque chose, murmura-t-elle.

– Qu'ai-je oublié?

– Nous possédons la seule chose qui compte... la seule chose qui chasse les ténèbres... le mal, et même.. le poids du passé.

Le comte l'attira plus près de lui.

– Pensez-vous que l'amour puisse accomplir un tel miracle?

– Vous en doutez? Depuis le commencement des temps, l'amour... le véritable amour a toujours éclairé et sanctifié ceux qui l'ont trouvé.

– Et c'est cet amour-là que nous avons l'un pour l'autre?

– En tout cas, c'est le mien, répondit Pandora. Pour moi vous avez été bon et juste. Ce que vous avez fait avant de me connaître ne m'intéresse pas. L'important c'est que nous soyons ensemble dans l'avenir.

Le comte la serra si fort qu'elle eut de la peine à reprendre son souffle.

– Nous serons tous les deux, fit-il. Ma chérie, je sais que votre amour ne me donnera pas ce que je mérite, mais en tout cas ce que je souhaite.

– Et cela... vous suffira?

– Puis-je désirer autre chose, hormis votre présence, et, bien sûr, un futur comte pour Chart?

Il exprimait tout ce que désirait Pandora, et dans un élan de tout son être elle l'embrassa.

En un instant la flamme fut de retour, la tint captive, et le comte la couvrit de baisers si caressants que, en proie à un délicieux vertige, elle vit la chambre tournoyer autour d'elle.

– Je vous aime! Oh, Norvin... comme je vous aime, balbutia Pandora. Mais vous devez... vous reposer.

Au prix d'un effort surhumain, elle s'arracha à la douceur de ses bras et reprit, sur un ton accusateur :

– Regardez un peu Junon! Je lui ai défendu de monter sur le lit. Mme Meadowfield va être furieuse!

Le comte éclata de rire et jeta un œil sur la petite chienne, qui, jalouse d'être délaissée par son maître, se pelotonnait contre lui.

– Ce qui vous ennuie, en réalité, dit-il d'un air malicieux, c'est que Junon est en train d'abîmer la couverture brodée l'année de son mariage par quelque fille Chart qui n'avait rien d'autre à faire.

– En 1706 exactement, répondit Pandora. Cette couverture est l'œuvre de la femme du second comte qui l'a tissée pendant que son mari combattait aux côtés de Marlborough.

Elle avait prononcé ces paroles machinalement et ils se mirent à rire tous les deux.

– Je m'aperçois que même lorsque je vous parle d'amour vous ne pouvez pas vous empêcher de vous comporter comme un guide faisant visiter un château historique.

Elle le regarda un peu déconcertée en se demandant s'il était simplement amusé ou irrité, mais il prit sa main et la baisa.

– Je serai un élève très obéissant, ma petite fée aux cheveux d'or, fit-il en souriant, à condition que vous me laissiez vous enseigner autre chose de beaucoup plus important que l'histoire de tous ces Chart vertueux et respectables.

– Quoi? demanda Pandora.

– Je vous apprendrai l'amour, car bien que vous soyez très savante, mon adorable sainte, je crois que sur ce sujet il vaut mieux que ce soit moi le professeur et vous l'élève.

– Une élève... très docile et très... humble, murmura Pandora.

Puis sans pouvoir résister davantage elle se jeta dans ses bras, et fou de désir il l'embrassa avec une ardeur sauvage, passionnée.

Dehors, un soleil doré brillait sur le lac et faisait scintiller les vitres de la grande maison, qui, à travers les siècles, protégeait, inspirait et rendait meilleurs ceux qu'elle abritait.

FOSTER Alan Dean

Alien (1115 * * *)
Avec la créature de l'Extérieur, c'est la mort qui pénètre dans l'astronef.

Le trou noir (1129 * * *)
Un maelström d'énergie les entraînait au delà de l'univers connu.

GOLON Anne et Serge

Angélique, marquise des Anges
Son mari condamné au bûcher, Angélique devient la marquise des Anges à la Cour des Miracles. Puis elle retrouve grâce auprès de Louis XIV et dispute son amour à Mme de Montespan. Bien d'autres aventures attendent encore Angélique...

GUEST Judith

Des gens comme les autres (909 * * *)
Après un suicide manqué, un adolescent redécouvre ses parents.

HALEY Alex

Racines (2 t. 968 * * * * et 969 * * * *)
Ce triomphe mondial de la littérature et de la TV fait revivre le drame des esclaves noirs en Amérique.

HAWKESWORTH J.

Maîtres et valets (717 * *)
Ce célèbre feuilleton de TV évoque la société aristocratique anglaise du début du siècle.

KING Stephen

Carrie (835 * * *)
Ses pouvoirs supra-normaux lui font massacrer plus de 400 personnes.

LARSON et THURSTON

Galactica (1083 * * *)
L'astro-forteresse Galactica reste le dernier espoir de l'humanité décimée.

LEVIN Ira

Un bébé pour Rosemary (342 * *)
A New York, Satan s'empare des âmes et des corps

Ces garçons qui venaient du Brésil (906 * * *)
Sur l'ordre du Dr Mengele, six tueurs nazis partent en mission.

LUND Doris

Eric (Printemps perdu) (759 * * *)
Pendant quatre ans, le jeune Eric défie la terrible maladie qui va le tuer.

MALPASS Eric

Le matin est servi (340 * *)
Le talent destructeur d'un adorable bambin de sept ans.

Au clair de la lune, mon ami Gaylord (380 * * *)
L'univers de Gaylord est troublé par l'apparition de trois étranges cousins.

RODDENBERRY Gene

Star Trek (1071 * *)
Un vaisseau terrien seul face à l'envahisseur venu des étoiles.

RUBENS Bernice

Chère inconnue (1158 * *)
Une correspondance amoureuse peut déboucher sur la tragédie.

SAGAN Françoise

Le sang doré des Borgia (1096 * *)
Une tragédie historique où se mêlent l'amour, l'argent et le poison.

SAUTET Claude

Un mauvais fils (1147 * * *)
Emouvante quête d'amour pour un jeune drogué repenti.

SPIELBERG Steven

Rencontres du troisième type (947 * *)
Le premier contact avec des visiteurs venus des étoiles.

TROYAT Henri

La neige en deuil (10 *)
Une tragédie dans le cadre grandiose des Alpes.

Editions J'ai Lu, 31, rue de Tournon, 75006 Paris

diffusion
France et étranger : Flammarion, Paris
Suisse : Office du Livre, Fribourg
diffusion exclusive
Canada : Éditions Flammarion Ltée, Montréal

Achevé d'imprimer sur les presses de l'imprimerie Brodard et Taupin
7, Bd Romain-Rolland, Montrouge. Usine de La Flèche,
le 5 août 1982.
1286-5 Dépôt Légal août 1982. ISBN : 2 - 277 - 21347 - 0
Imprimé en France